尋家歷險六萬里

陳嘉薰 著

感謝上帝

我的父母、妻子

給了我

一個家

嘉薰醫生　尋家・歷險・六萬里

作者／陳嘉薰

策劃編輯／周淑屏

責任編輯／陳俊珊

美術設計／鄺穎殷

插圖／阿門

出版發行／突破出版社

香港沙田亞公角山路33號突破青年村

電話：2632 0000　傳真：2632 0388

電郵：breakthrough@breakthrough.org.hk

網址：http://www.breakthrough.org.hk

http://www.btproduct.com

承印／海洋印務

2014年9月初版1刷

Dr. Gavin, Sixty-thousand Miles Homecoming Journey

by Gavin Chan

First Printing, First Edition, September 2014

Printed in Hong Kong

ISBN 978-988-8246-12-0

本書以《血細胞麥高飛》(2002)、《細胞情人歷險記》(2003) 及《血細胞終極愛旅》(2007) 的部分內容作藍本，重新撰寫。

成長文學

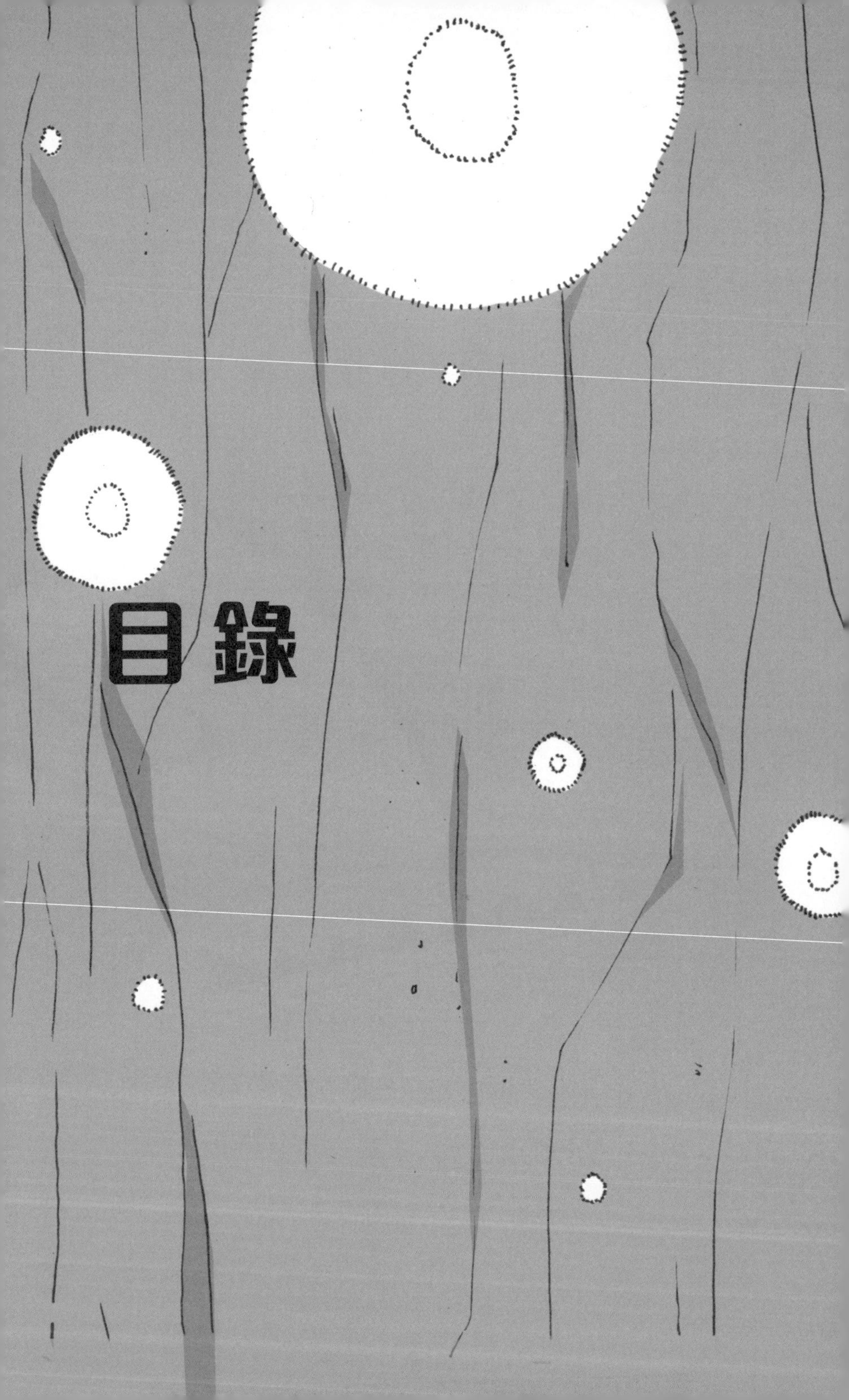

目錄

序

到底什麼人會想到細胞可以談戀愛？

無需三思，定必傻人是也！

當然也可能是此君與細胞朝夕相對，久而久之產生了情意結，不自覺地把情感投射到細胞身上。

《尋家．歷險．六萬里》作者陳嘉薰醫生正是此君。與陳兄只有一臉之緣，不難察覺他有一股濃濃的書卷氣夾雜着傻氣，套用現代術語就是很 Nerdy*。那天聽他細説其寫作歷程，不難察覺他其實是位很有才華的 Nerd。

普通人從顯微鏡觀看細胞，只會見到一堆紅紅藍藍的小東西；而一般病理學家則會看到很多不同細胞種類，各自擁有不同功能和位置，他們亦能分辨哪些是正常細胞、哪些開始變惡變壞，換句説話，病理學家在顯微鏡下看到常人看不到的世界。

身為病理學家的陳醫生更超前一步，在他眼中，這些細胞竟會活起來，成為有個性的人物。這能耐的確不簡單，除了要很傻之外，還要具有深厚的病理知識、超強想像力和令人信服的文筆。集三者之大成，這便是陳醫生成功之處。

還望陳兄不會進軍三級文學，要不天天只以精子和卵子兩種細胞作主角，那一定很悶蛋。

莫樹錦教授

李樹芬醫學基金腫瘤學教授

* 編按：Nerd 泛指具備某種特徵、「與別不同」的人，譬如愛鑽研知識、喜歡偏門科目，或性情古板孤僻、對體育活動不感興趣和不善於交際的人。在美國文化中，某些專心一致、刻苦學習的學生，甚至智商高、成績優異的也會被形容為 Nerdy。在台灣，有以日本語「御宅之男」（簡稱「宅男」）來對應 Nerd 一字。

寫在前頭．導言

（一）

細胞真奇妙。

一顆卵子和精子的結合，形成孕育生命的第一個細胞。這「細胞之母」分裂、再分裂，成了千億個細胞。奇妙的是，這些細胞不會胡亂聚合成羣，而是在人體不同位置，分化（Differentiate）為二百多種功能獨特、形態各異的細胞，並且各就各位發揮所長。於是心臟附近的細胞組成了左右心房心室，頭部的細胞演變為大腦神經，與眼耳口鼻相連……頭顱不會長出手來，肺也不會在腹腔裏出現。林林總總的細胞發育成不同器官，過程比世上任何高技術建設更加精密複雜，卻協調得天衣無縫，是造物者悉心的設計。

人體細胞生生不息，形成後便在適當的位置履行被賦予的使命，血細胞在骨髓形成後，也要「去」——去身體不同位置「實現自我」。血細胞麥高飛的人體漫遊之旅，不但是一趟尋家、回家之旅，更是一個尋找生命意義、自我發現的歷程。

人體內的二百多種細胞，每一種都有它所歸屬的「家」，每一種都有它獨特的形態、功能，這不是跟人類一樣嗎？我們都是造物者的傑作，每一個都是獨特的——獨特的樣子、獨特的個性、獨特的本領、獨特的位置、獨特的使命。這些「獨特」，在在成就了一個獨特的人生，領我們邁向造物者特別為「我」預備的終極目標 —— 那個我所歸屬的家，在那裏活出真我，發揮所長，實踐使命。

（二）

麥高飛的歷險旅程，由生他養他的骨髓開始，隨着六萬里長的毛細血管，他走過人體不同的器官，最終安頓在那個屬於他的家。跟麥高飛展開這趟旅程之前，先來看看一些不可不知的有趣資料，好讓你更明白這是一趟怎樣的旅程。

這是一條怎樣的歷險路？

血細胞在骨髓形成後，在血液裏運行，經毛細血管到達不同器官。毛細血管是人體最幼小的管道，作用是與器官的細胞「交換物質」—— 器官的細胞新陳代謝所產生的有害物質（如二氧化碳、代謝物質），能通過毛細血管的壁膜進入血管，被血液帶走，而血液中的氧氣和養分就通過血管壁輸送到器官的細胞，維持器官運作。因此，一個器官的新陳代謝率愈快（如心臟、腎臟、肌肉等），毛細血管的分布就愈廣。為了配合這功能，毛細血管還有以下特點：

- 血液的流速為每分鐘約 1.8 厘米，只及大動脈的千分之一，緩慢的流速令物質的交換更有效率。

- 毛細血管的直徑只有 7 至 9 微米，剛剛足夠一個紅血球通過，這設計擁有最大的血管壁面積，大大促進了養分和氣體的交換。原來，人體中毛細血管壁的總面積差不多有

6,000 平方米，這相等於表皮面積的 3,500 倍！

- 如果把人體的毛細血管拉直，再接駁起來，估計總長度有 9,600 萬米（即約六萬里）。這到底有多長？世界屋脊珠穆朗瑪峰（Mount Everest）高達海拔 8,848 米，還不及毛細血管總長度的萬分之一呢！

細胞竟然會溝通！

細胞不是獨立的個體，彼此有一套複雜的信號系統（Cell Signaling Pathway），互相協調效力，以控制身體的免疫反應和修復功能等。那麼，細胞之間是怎樣溝通的呢？其中「細胞激素」（Cytokines；即文中的「飛絮」）是重要的訊號分子。每個細胞的表面有不同的受容器（Receptor），因應環境需要，細胞會釋出細胞激素，這些激素就像鑰匙，受容器則是匙孔，當激素和相關的受容器接合後，便會產生連串反應，從而控制細胞的活動。

細胞都是「短命鬼」？

血細胞的壽命各異，巨噬細胞大概可存活幾個月，紅血球的壽命約 120 天，血小板則大約 10 天，嗜中性血球的生命就只有 1 至 4 天。這種生理性死亡的過程叫「細胞凋亡」（Apoptosis），當時候到了，細胞會萎縮，染色質濃聚，形態也變得不規則，最後凝聚成一小點，被巨噬細胞吞滅。細胞死亡的過程受到基因的控制，如果基因出了岔子，細胞便不會滅亡，一直存活下去，分裂繁衍，而這種生存「優勢」，是細胞轉為惡性的重要一步。

細胞也懂認路回家？

每個細胞都有它的「家」，也懂得尋找自己的「家」，找到後便在那裏成熟，繼而發揮作用，這情況在醫學上稱為"homing"（即文中的 he ne ni，希伯來語，意謂「我在這裏」)。醫學界至今仍無法全面了解為何有這種現象，只知當中涉及很複雜的步驟，一環扣一環，包括器官的「訊號系統」、細胞膜的「感受器」、細胞支架（Cytoskeletum）的變化，以及許多分泌因子等的互相配合，缺了任何一環也辦不來。這種「尋家」現象，今天主要應用在骨髓移植 —— 將捐贈者骨髓的幹細胞，經靜脈注射到接受移植的病人體內，這些幹細胞會隨着血液走遍各個器官，一旦抵達骨髓，幹細胞就會離開血管，「落地生根」，停留在屬於它的地方發揮造血功能。有趣的是，這些幹細胞經過不屬它的器官時，只會「過門不入」。它有自動尋家的裝置，很清楚自己的真正位置。

看過這些資料，是否覺得小小的細胞好有趣，而且殊不簡單？旅程中麥高飛走過很多地方，遇上許多同胞，還見識過不同抗敵部隊和武器，相關的解說可以在本書的末後部分找到。

好了，是時候起程，和麥高飛一起踏上回家的路，也鼓勵你邊讀邊來一趟自我發現之旅。

回家之旅・同伴（主要角色）

麥高飛，即巨噬細胞（Macrophage），存於人體許多器官，如肝、淋巴腺、肺、皮膚等，懂得分辨敵我，負責清除體內的代謝殘渣、細菌和異物等，被吸進細胞的物質會被溶酶體（Lysosome）分解，無法完全分解的物質則殘留在細胞內。當巨噬細胞遇見病毒、細菌或病變細胞時，會吞滅它們，將它們的抗原（Antigen）消化，再呈現給淋巴細胞，刺激淋巴細胞釋出細胞激素，進而刺激免疫系統。因此，巨噬細胞在對付病菌、癌細胞所起的作用，舉足輕重。

阿簡，身分神祕，所屬族羣不詳，身材瘦削，臉上常有潰瘍傷疤，愛戴鴨舌帽，鮮有以真面目示人，個性乖僻，行蹤經常成疑，卻與麥高飛特別有緣，對韋寶珊亦照顧有加。

劉淑翩，即嗜中性血球（Neutrophil），血液裏最常見的白血球，細胞核呈多葉狀，內藏不同酵素，負責吞噬和分解入侵的細菌。當人體有傷口時，它會最早抵達患處，抵禦細菌，它也是傷口灌膿時膿液裏的主要成分。由於它和巨噬細胞具有不同的酵素、抗菌性和細胞毒性（Cytotoxicity），在抵抗外敵上，兩者功能有異卻互補不足，具協同效應。嗜中性血球把細菌吞噬後，會自然死亡。

韋寶珊，即紅血球（Red Blood Cell），是人體少有的無核細胞。由於缺乏細胞核，紅血球並沒有基因，能騰出更多空間儲存血紅蛋白（Haemoglobin），輸送氧氣給各個細胞，進行「氣體交換」──把氧氣輸送給細胞，並把細胞產生的二氧化碳輸回肺部，然後呼出體外。紅血球充滿氧氣時是紅色，卸下氧氣後便轉為藍紫色。不過紅血球無法分辨細胞的好壞，只管履行天職，也就在不知不覺間「助紂為虐」。

楔子

空氣有些詭異，元帥警覺地走出營地。

夕陽徐徐落下，地平線再也承托不了它的重量。赤酡的西天，羣鳥歸心似箭，彷彿要趕在天黑前回家。偶爾陣風吹過，漫天飛絮飄來散去。

山頂的哨站前，佇立着一個腰間配着彎刀的元帥，他眉頭輕皺，極目張望，觀察形勢。

黑夜很快降臨，怎麼今天的飛絮特別多？元帥伸出指頭，停在半空好一會，絲絲飛絮，在指尖處繞過，指頭卻沒沾上什麼。

「嗯，沒有屬於我的消息。」元帥把手收回，心仍不穩妥，用舌頭舔一下指頭，再伸出去。微風吻着濕潤的指尖，飛絮仍沒停留。

「別多疑吧！」元帥正要説服自己，卻發現一根飛絮黏在指尖，被風擺了擺，便開始融化。

飛絮，捎來遠方的消息。元帥消化了訊息，一怔，擔憂起來。

黑暗，似乎比想像中來得早。

「元帥……你是莫元帥嗎？請你幫……幫忙！」路旁傳

來一把顫抖的聲音，嗓子充滿惶恐驚慌。

右邊草叢處，有一個身形長長的細胞，頭髮蓬鬆，滿面污垢，匍匐地從雜草堆鑽出來，在離元帥幾步處停下，不住叩頭，像在求饒，又像求救。

眼前的蓬鬆細胞，該來自吞噬沼澤附近，那長長的毛髮能吸附空氣中的灰塵，清除污垢，令四周空氣變得乾淨清新。

原本健康潤澤的毛髮，這刻卻凌亂不堪，乾枯且打結——這並不正常。

「元帥，求你……求你原諒我！」蓬鬆細胞熱淚滾滾，臉容扭作一團。元帥心生疑惑，一個箭步上前，說：「兄弟，別怕！什麼事只管慢慢道來。」即彎腰扶起他。

甫觸碰對方的胳膊，一股灼熱的電流自掌心傳到臂膀，懸在胸膛，心臟似被什麼「格登」地重擊了。

元帥錯愕地瞅着蓬鬆細胞，冰冷的感覺從背脊直往雙腳流。他呆住了。

「元帥……原諒我……」蓬鬆細胞聲淚俱下，「我被侵蝕了，請你……」他頓了頓，深深吸口氣，像要作出一個重大的決定，說：「請你……發落！」

「兄弟！」元帥蹲下來，擁着對方。憑掌心的熱度，他意識到蓬鬆細胞蘊藏了「非我」的雜質——曾是完美的細胞，如今變質了。

「沒法自我修復麼？」元帥於心不忍，仍寄望萬一。

蓬鬆細胞咬住下唇，痛苦地搖頭。

點滴的惡，像懷着畸形的胚胎，甫出現時若不正視、不處理、不自我清除修復，就會成長壯大。星火燎原，這點點的惡會逐步侵蝕其他同胞，造成無可挽回的變異，最後摧毀整個國家。

「太遲了？」元帥眼神流露悲憫。

「還不，但元帥，」蓬鬆細胞近乎哀求，「為了國家……請你……趁還來得及，及早……殺了我吧！」

蓬鬆細胞在良知泯滅前、在還沒完全被惡征服前，氣喘吁吁的來找元帥，請求救贖。他，要為國家作出最勇敢、最終極的貢獻；他，必須犧牲，方可成就大義。

蓬鬆細胞，曾是自己的同胞，是國家的忠心義僕，一念及此，元帥就下不了手。

可是，邪惡已逐漸俘虜了他！元帥清楚，若今天不果斷行動，他朝這股惡勢力就會發酵滋長，再下去蓬鬆細胞將會邪迷心竅，失去良知，對國家大肆破壞，那時就更難對付了！

元帥緊抱着同胞，心裏難受極了。懷裏的蓬鬆細胞不住發抖，說：「對不起。我辜負了國家……」眼淚沾濕了元帥的肩膊。

「兄弟，你忠於良知，為了國家，願意犧牲，你好勇敢，你仍是我們的好兄弟！」無論有多無奈、不捨，元帥深諳要遏止邪惡勢力，就必須大義滅親，摧毀宿主。

他抱起蓬鬆細胞，雙臂一運勁，他就昏迷過去，身軀逐漸縮小、融化，化成一小塊不規則的黑點，留在元帥臂上。

看着那點污垢，元帥只有慨歎一聲。

「嗚——」對面山頭傳來號角聲，元帥循聲音望去，他如鷹的目光，瞥見過濾驛站前有一陣騷動，夕陽下一個頭戴鴨舌帽的小黑點在山脈之間急速逃竄，一下子就不見了。

一隊士兵在後追趕，那騎着馬抽着鞭的，是屬白血球一族的單眼士兵。

單眼士兵拉緊馬韁，馬匹「嘶啞——」的驟然停下，前腿朝天踢起。他環視四周，探索須臾，便帶着其他士兵朝山的另一邊離開。

對面山頭飄來漫天飛絮，元帥伸出指頭，沾上遠方的訊息。

雖說在國家的不同角落，無時無刻會發生類似的追捕，但元帥每次遇上，心頭仍會揪緊，因為那表示又一個叛徒逃脫了，而一場正邪善惡之戰或許已經在暗中展開了……

1　離開學堂　踏上征途

「終有一天，你心中會發出 he ne ni，那時你便知道，祂為何要如此造你。」

我沒聽下去。像許多問題一樣，當老師無法解明時，便會搬出很玄的詞彙，再加上「以後你便會明白」之類的說話，打發過去。

1

國家之中，有二百多個族羣，但偏偏我最醜。

世界太不公平。我常如此埋怨。

造物主啊，如果祢真是全能的，請給我換掉這張醜陋的臉孔，還有這身滿布疙瘩、又黏又稠的皮膚。每天我都如此祈求，卑微而殷切。

但奇蹟一直沒有發生。

日復日，我的情況沒所謂最壞，只有更壞，令我不敢想望將來，也不再相信將來。

看，幾乎所有不好的東西都可以在我身上找到，主宰一切的造物者，怎能如此？祢看清楚我的模樣嗎？這是什麼創造？活像一件做壞了的次貨！祢會為自己的作品尷尬嗎？會為設計上的失誤羞恥嗎？

今天是畢業禮，過了今天，我就要往外闖，見識這世界。當每個同學都滿懷憧憬，我卻好害怕。

這……太殘忍了，我這張臉，如何去冒險，如何見同胞？

我坐在湖邊，獨個兒靜靜的對着湖水。湖面澄明如鏡，可以清楚照見浸在水中的雙腳。我向造物主申訴，我不喜歡孤獨；獨來獨往的滋味並不好受，但我沒朋友，因為祂給了我這張可怕的臉。

我曾試着不去問為什麼，只求祂把創造的瑕疵改正過來。祂不是有能力又有恩典嗎？

我滿身疙瘩，一塊一塊的瘡疤鋪在臉上，輪廓凹凸不平。如果説密麻麻的暗瘡像火山熔岩的出口，那我的皮膚簡直是怪石嶙峋！我的眼睛像腰果，眉粗眼小，凶神惡煞似的，不知嚇壞了多少同學，連我第一次在湖面看見自己的倒影時，也呆了好一陣子。

這是副什麼模樣？兇形惡相的。更要命的是，我的皮膚好粗糙，而且黏黏的。好幾次想要跟同學握手，對方眉頭一皺，立時把手縮回，像遇見什麼怪物，就急急避開，好不尷尬。

我好委屈，惟有自我封閉起來 —— 畢竟沒多少同學稀罕和我做朋友。

我不知道父母是誰，只知道國家有我的族羣，但在**骨髓學堂**裏找來找去，也找不到和我相似的同學。老師説我這族羣並不常見，不好遇上。

找不到同類，誰可以告訴我為什麼我這樣子？

我曾請教校長，她托托眼鏡，把臉湊近端詳一番，説：「高飛，像你這樣子，的確少見，少見。我也不知道為什麼。」

連校長也投降，我還寄望誰呢？她語重心長的說：「但相信我，所有細胞都有用。若連你也厭惡自己，還可以指望其他細胞怎樣？希望造物主改變你的心，讓你看見祂美好的心意。」校長不知道，這訓話其實是一把利刃刺在我心上，令我更痛苦。

「校長，我眼這麼小，如何看得見？」我企圖挑戰她。

「呵呵，你要留意你的心。造物主不向你的耳朵說話，不叫你的眼睛看到，而是對準你的心。終有一天，你心中會發出 he ne ni，那時你便知道，祂為何要如此造你。」

「he ne ni ？」

「對，he ne ni，那是你生存的召命……」

我沒聽下去。像許多問題一樣，當老師無法解明時，便會搬出很玄的詞彙，再加上「以後你便會明白」之類的說話，打發過去。

我已好久沒看過自己，今天，我說服自己，好，鼓起勇氣，在告別學堂前，看看自己可有什麼改變。

我深深吸一口氣，把身體俯前，再慢慢睜開眼睛。拜託，湖面請重複那個醜小鴨變天鵝的故事。

天啊，為什麼？為什麼仍是一樣？這張臉好醜啊！湖水冷冷的，再一次粉碎我的希望。我仰頭看天，一顆心卻掉進失望的深淵。

如果世上有愛，造物主怎麼竟如此待我！

怎辦呢？畢業之後，我必須跟億億萬萬的血球細胞一樣，離開這生養學習之地。在這裏，我們裝備自己；成熟了，便得離開，到外面的世界闖。

我知道再也不可以把自己困住，但一想到要面對二百多個族羣，還有那六萬里的漫長旅程，自己卻又醜又孤苦伶仃，怎辦？我滿肚鬱結，鼻子發酸，就把臉藏在膝間，淚珠不由自主的滾下來，沿着雙腿間流向湖面，一圈一圈的漣漪緩緩地化開……

「啪、啪、啪……」禮堂傳來陣陣掌聲，一個一個獎項頒發過了，我在門外，正猶豫要不要進去。

「進步獎第三名，第十一班韋寶珊。」又一陣鼓掌聲，數以億萬計的同學把禮堂擠得滿滿的，座無虛席。這羣大大小小不同種類、形態各異的血球細胞，即將踏上征途，各展所長。

同學們都躊躇滿志，精神抖擻，不是嗎？終於畢業了，可以到外面闖，多高興！

但我呢，最怕出席擁擠的場合，只想躲到最陰暗、最不容易被發現的角落。

不只一次，在公眾場合坐下來時，身旁的同學總悄悄地退到老遠，彷彿我害了什麼傳染病。在學習的日子，想找一個同伴是多麼奢侈的願望啊！

還是不要進去好了，看，他們坐在前排的領獎席上，不是很好嗎？隔着玻璃，我默默盯着那空出的座位，還有幾個便到自己，該不該上台呢？看每個領獎的同學都笑容可掬，神氣得很，去呀！一把聲音催促我。

唉，為什麼要掃同學的興呢？我雙腳像被鉛球繫住，無法邁前一步。

別怕，上前去坐下吧，這個獎是你努力得來的！另一把聲音鼓勵我，我深深吸口氣。一轉念，心裏升起一股強大的阻力——他們的眼神，還未受夠嗎？別自討沒趣，算了，走吧。我矛盾不已。

我貪婪地再看一眼空座位，雙手伸直，緊握拳頭，狠狠的把自己的慾望壓下去。

正要離開。

「請問，請問你是麥高飛嗎？」背後傳來一把清脆的聲音，嚇我一跳，轉頭一看，説話的是個比我略細小的三眼細胞，劉海有縐髮絲，靦靦腆腆。

她明顯受不了我的臉，怔了怔，微微後退，又問一遍：「你就是麥高飛嗎？」含羞答答，手指撩一撩劉海。

「是的，你是……」暗忖又嚇壞對方了。

只見三眼細胞眼睛發亮，難掩心中喜悅，説：「真的是你，麥高飛！我叫劉淑翩，讀第十班。」説罷手一伸，要和我握手。

握手？三眼細胞非但沒有被我嚇跑，竟還主動和我握手，真是難以置信！過去的經驗，早叫我不敢伸出「友誼之手」。現在一隻手懸在半空，向我伸來，教我不知所措。

那手像在期望什麼，卻落空了。

「快呀，快到你了，還呆着。」她索性抓住我的手，一股腦兒衝進禮堂去。

我還來不及思考和回應，任由擺布的跟着跑。來到頒獎台前，司儀正宣布：「學業獎第三名，十三班麥高飛。」

我腦裏一片混亂，背後被誰輕推了一下，雙腳不由自主的向前走去。我低着頭，臉上又是一陣的熱，感覺複雜得很，一方面高興可站在台上接受獎項，另一方面又擔心自己的長相會嚇壞台下的同學，怕面對一雙又一雙錯愕、驚慌的眼睛。

我無暇整理那千絲萬縷的心理交戰，腦袋像被催眠般，淑翩輕聲囑咐：「快，到台上向頒獎嘉賓鞠躬，然後再向台下鞠躬，去吧，高飛。」她身子一側，在我背後輕輕一推。

我糊裏糊塗來到台階前，被一股什麼力量推動，登上台，領過獎，鞠躬，再鞠躬，除了褐色的地毯，我沒留意其他的，甚至那陣陣的掌聲，彷彿也被摒棄於耳膜之外。

電光火石間，我沒深究台下的目光，步下台階後，便一溜煙的竄出禮堂去。

到我回過神來，發現自己已站在禮堂外面，要不是手中那張獎狀，真不相信自己剛才竟然面對着億萬雙眼睛。

「恭喜你！」肩膀被拍了拍，原來是淑翩，她手上也拿着一張獎狀 —— 學業獎第二名。

「恭喜你，淑 —— 」我主動伸出手，因為接不上她的名字，有點窘。

淑翩甜甜的嫣笑，伸出手來：「淑翩，劉淑翩。你剛才做得很好。」

兩手相握，感覺是那麼實在，一陣久違了的溫暖，從掌心湧到心頭。

「謝謝你，淑翩。」我搔搔後腦勺，沒頭沒腦的吐出幾個字。

「剛才你站在外面幹嘛？真擔心你不上台領獎呢！」淑翩又笑了笑，聲音像銀鈴。

淑翩揮揮手，說：「對不起，還有獎項等着我，再見！」

看着淑翩的身影，感覺很親切，世界頓時變得美麗，美得有點不真實。那是夢一般的感覺。

我低頭凝望被淑翩握過的手，心裏泛起一陣溫柔。

2

我再沒踏進禮堂，只靜靜的坐在乒乓球場的石凳上，手上拿着捲起來的獎狀，呆呆地回味剛才發生的事。獎狀上寫着「學業獎第三名，十三班麥高飛」，的確是我，我看了一遍又一遍，這可是我成長的見證！

我把獎狀折疊收進體內。

偌大的球場空蕩蕩的，望着桌上壓着球的拍子，竟有種濃濃的孤獨感。唉，要離開了，卻從沒在球場上和同伴比拚過，實在可惜，如果有機會來一場球賽，那多好！手不期然拿起球拍把玩一番。

忽然想起淑翩，她現在是我惟一的朋友。朋友？我搖搖頭，才見一面，算得上朋友嗎？

我拿起乒乓球，球卻從手中甩下，在桌面上下跳動，發出規律的「的噠」聲；那空洞的來回碰擊聲，加重了內心的空虛感。

「咦，獨個兒在這裏，捨不得走嗎？」一把熟悉的聲音從身後響起，淑翩像天使般再度出現。

「嗯。」我不置可否，把乒乓球壓在球拍下，將孤獨感和空虛感也一併壓了下去。

「高飛，同學都要走了。」

「是的，我等一下才走。」我掩飾自己的懼怕——我怕擁擠的地方。

「哦，」淑翩像明白我似的，「反正還早，來一場球賽較量較量，怎樣？」説罷，走到桌子的另一邊，拿起球拍，擺出一個挑戰的姿勢。

「你……」

「男子漢，怎麼吞吞吐吐的？」

「我有個問題，不知該不該問。」

「好婆媽呢！」

「你怎知道我？」

「我讀十班，從前聽説過十三班的事，也曾在走廊和運動場上見過你，只是你沒留意我……喂，你呆在那邊幹啥，還不發球？」

「真的？」我心裏一陣喜一陣憂。原來淑翩早就知道我、留意我，但一轉念，一定又是我「醜名遠播」。

「雖然同學都說你又兇又難看，但我覺得你用功又專心。老實說，高飛，剛才近距離見面時，你的樣子倒真嚇我一跳。」

唉，又來了，我心一沉。

「但我知道，你並不可怕。那次在運動場上，你扶起一個跌傷的同學，看得出你心地不壞。」

這個她也留意了？我好感動，心頭暖烘烘的。淑嫻不看外表，只欣賞內心，好特別的同學。

「只是小事一樁。」記得那是一場拔河比賽，我班派出八名選手，臨場卻有同學因病缺席，當後備的又拉肚子，大家本想退出比賽，我就自告奮勇，才湊合數目出賽。比賽中雙方摩拳擦掌，站在繩索的兩端，拚命往己方拉扯繩子。繩子的中線，因兩方角力而來回掙扎，一時偏左，一時靠右，游移不定。

「那場比賽好緊張呢！我在看台上，也為你們肉緊……開球吧。」

那場角力輸得有些狼狽。我方最後被使勁的拉前，全都跌倒了，我扶起前面的同學……我沒想下去，回應一聲「接招」，便馬上把球送出去。

「嘩，好險！」

淑翩飛身，乒乓球被擋回來，我毫不客氣地以一記扣殺回敬，淑翩鞭長莫及。

我故意齜牙裂嘴的問她：「你不怕我嗎？」

「哈哈，怕你？本小姐張牙舞爪時更可怕，細菌外敵看見都掉頭跑！」淑翩攤開雙手，逗得我大笑起來。

我想，淑翩真好，一畢業就清楚自己走在前線為國家殺敵的任務。

「其實，我們血球細胞都源自同一個先祖——血幹細胞，從一點繁衍出林林總總的細胞，雖然相貌不同、體質各異、功能不一，但大家活在同一天空下，本該彼此相親。」淑翩輕描淡寫的説着，同時迅速起手，把球像飛彈般推送過來。

我冷不防這突擊，一時招架不住，惟有用手接住——乒乓球陷入我那隻黏稠的手掌中。

「你賴皮！我還沒準備好，攻其不備非君子！」

「彼此彼此。」

「既是同根生，造物主真不公平，你看我的樣子和你差多遠！」乒乓球糊在手中，我甩動手掌，像抖落水點似的，球才給甩下。

淑翩撿起球，走回桌邊，瞄了瞄我，笑吟吟的繼續説：

「嗯，你的身手不錯，乒乓球打得很好。雖然大家都迴避你，但我知道，造物主造你這模樣，一定有特別意思。高飛，相信我，每個細胞都是獨特的，都有自己的用處，你一定有所作為。」淑翩調皮的眨了眨眼睛，漫不經心的，卻叫我感動。

今天真高興，拿到獎狀又認識了淑翩，還打了一場球賽，該是我在學堂裏最快樂的一刻。

「哎喲！」淑翩像赫然醒悟到什麼，指着不遠處，「時間差不多，我得走了，我的同伴在那邊等我呢！」

循指頭的方向望去，成萬上億的血球細胞滿懷自信，雄赳赳的開步走，往青草處前進。那裏有一堵峭壁，上面飛揚着一支寫有「出境」的旗幟，遠遠傳來潺潺的流水聲，綿延千里的部隊就在此消失。

「前進，前進，不畏困難，保護家園，前進，我們為國家而生，也為國家而死……」同學們浩浩蕩蕩，喊着口號，步履起落如在打拍子。

「高飛，我希望你能像其他同學一樣，知道自己是個了不起的細胞。」淑翩走近，手指撩撩劉海，「對自己多一份信心吧！」

「多一份信心？」

「你的眼睛老不直望，平時總是伸直雙臂，緊握拳頭像這樣。」淑翩把雙手伸直放在大腿前面，猶如猩猩，「走路時雙手也不擺一下，很沒自信呢。」

「啊，是嗎？」我搔着後腦勺。這我倒沒發覺，但她竟説穿了。

「你樣子沒錯長得有點怪，但認識深了便知道你有很多優點，你也別小看自己。造物主在你身上一定有特別的計劃，記住啊！」

淑翩説罷，一轉身就走遠，消失在細胞羣裏。我覺得她像天使，來去無蹤，卻會在有需要時出現。

造物主的計劃？我這個樣子，手腳黏黏的，有什麼可用之處？真難以置信。

我把乒乓球放回原處，準備踏上征途，但一轉身就看到遠處的阿簡，他在校務處門前罰站。

阿簡是問題學生，身材瘦削，愛把頭上的鴨舌帽拉得低低的，面上常貼着膠布，是暗瘡發炎吧？他是我的鄰座，上課不留心，總是打盹。走路時愛縮起肩膀、彎着腰，雙手插進褲袋裏，腳尖一蹬一蹬，還有一副輕佻不屑的嘴臉。他常常低着頭兩眼左右斜望，也不和同學説話，鬼鬼祟祟的，心裏像藏有許多祕密。

放學後他會聯羣結隊，儼如老大哥在學堂裏欺凌弱小，我不喜歡他。有幾次他趁我離開座位時，丟下香蕉皮，令我摔個倒栽葱，他就和同黨哈哈大笑。我曾向老師投訴，懲罰過後他竟變本加厲，畢業考試前還恐嚇我，警告我別多管閒事。

他愛到處招搖，聽説要做老大，要每個同學都聽命於他，口氣大得很。

今次畢業考試，他作弊，要重考，還要罰站。

懲處的本意是希望阿簡知錯改過，但他被罰時腰腿不直，東張西望，眼神盡是忿忿不平，毫無悔意……

3

才剛重新建立的自信，一來到細胞羣中，就如熱鍋上的水珠，旋即蒸發掉。周圍像有許多奇異的目光望着我。我趕緊低頭，疾步向前，只希望快點走到盡頭，一躍逃出學堂。

「各位同學，跳下去，不用怕，順着流水，便會到達國境不同的地方。」傳來指揮官洪亮的聲音：「如果害怕的話，可以和朋友一塊跳……下一個，跳！」只見前面的夥伴一個一個消失在峭壁的盡頭。我舉目一看，老遠有個「莫回頭關」的匾額，下面站着幾個身形魁梧的巨漢在把關。他們身高足有我三至十倍，樣子古怪，眼睛形狀不規則，像濺在地上的水滴，數目比蜘蛛還要多的手腳，正向各血球細胞呼喚，催促大家前進；胸前還掛着「**馬家軍**」字樣的名牌。

走近看，只見這些指揮官身上，爬滿一個個小子，一如身上的皮屑，他們從馬家軍身上冒出來，形成小球狀，然後脱落，跳到地面，再躍下懸崖。

來到草地盡頭，站在陡峭的懸崖邊，我雙腿頓時發軟。下面是湍急的流水，嘩啦嘩啦的不知流向什麼地方。上游是又高又急的瀑布，傾瀉千里，氤氳嬝繞，流水在瀑布下迫不及待的擴散開去，還有暗湧呢！

「快，牽着我的手，一、二、三，JUMP ！」身邊的同學一個一個從後面趕上，手拉着手，合上眼，縱身而下，落在水裏，就被水流帶遠了。

我在峭壁邊緣，牙齒「格格」磨着，「小子，還不快點跳？後來的都被你堵住了！唉，看你多不中用！」指揮官的聲音從上頭襲來，也在嚇唬。

可是我的腳怎也不聽使喚，像被釘子嵌在地上。這時褲管被什麼拉了拉，低頭一看，一個身高才及膝的**皮屑小子**正仰頭望我，又指着湍急的水流，吱吱的不知説什麼，然後像表演高台跳水般俐落地一躍而下。

另一個皮屑小子又推撞我的腿，他叉着腰，不耐煩地嚷着，又一躍而下……

我惟有閉上眼睛，但雙膝在顫抖，無法移動半分。這時候，又有幾個皮屑小子一個疊在另一個肩上，直到第五個，高度剛好和我相同，最高的皮屑小子伸手拍我的臉，吱吱的像在訓斥我，繼而一躍而下。

天，我多希望有同伴和我一起跳，但每次我企圖牽着旁邊的手，對方就匆匆避開。我想打退堂鼓，但背後的細胞乘勢衝來，我心裏一急，眼淚不由自主的打轉。

「來，一、二、三，JUMP！」一隻不知從哪裏伸來的手，把我抓住，衝前一跳，那刻我像風一樣飄在空中，向下，向下墜……

當我再睜開眼睛時，已經「撲通」一聲，掉在水裏。水底原來一片平靜祥和，透進水中的陽光，在水平線下化為謎樣的幻彩，一個一個同學落在身邊，濺起七彩的泡沫。

「啊！淑翩，是你！」牽着我的手，把我帶進水中的，正是淑翩！

2　不速之客　硬闖峽谷

我既感慨又讚歎。峽谷裏，每天受到不同物體和寄生蟲衝擊，泡泡哨兵、長髮士兵和炮彈專家，為了捍衛這片土地，死傷無數，然而他們很快就被替補，生生不息，國家的正邪勢力才得以平衡，國土才得以完整保存。

1

我和淑翩離開水流，日落時分到達了峽灣。只見漫天飛絮，落葉鋪滿地上。

我倆沿山路向上，山路蜿蜒，分支很多。

「砰！」我一個筋斗，不小心碰着什麼。

「對不起！」

「吱吱吱！」

兩把道歉聲音同時響起，看來我和被撞的細胞都為自己的魯莽感到歉疚。

聲音從腳邊傳來，我低頭，一個皮屑小子輕拉着我的褲管，像小孩闖了禍，在師長面前發抖。

「好可愛的小子，在『莫回頭關』我見過你的兄弟。」我彎下腰，仔細端詳，正想拍拍他的肩膀。

「吱！」皮屑小子馬上躲開，退到一旁，眼神流露驚恐——他一定以為面前醜陋兇惡的「巨漢」正準備揪他一頓。

「撞到你，真不好意思。」我一定把這小子嚇壞了，於是躬身道歉，淑翩也向他欠身。

皮屑小子見兩個「巨霸」站在前面，慌張失措，像大禍臨頭似的，很難想像他就是馬家軍指揮官們的兒子。父親英姿威武，兒子卻膽小瑟縮，真有點虎父犬子的味道。

「你好，我們沒惡意——」淑翩一接近，皮屑小子連番後退，還翻了個筋斗，跌倒了。

這時，四面八方趕來十多個皮屑小子。「吱吱？」一個皮屑小子似在關切慰問剛才跌倒的兄弟，只見那小子搖搖頭。

他們吱吱地喧嘩，又向我們怒目而視，指手畫腳，繼而圍在一起，氣沖沖的指着我：「吱吱，吱吱吱。」其中一個捲起衣袖，其他的站在後方叉着腰，像要挑戰什麼。

我和淑翩啼笑皆非，不過是一場誤會，卻無從解釋，同時又被他們的團結感動，一時答不上話來。

站在最前方的皮屑小子用拇指頭向鼻尖點點，一副「別看我們身形細小就欺負我們」的模樣，説罷，熟練地排起陣式，一個疊一個的排成一堵牆，彷彿隨時會把我們吞沒。

淑翩躬身道歉，並輕聲説：「看來真是誤會了，我們還是走吧！」

這時，一個皮屑小子伸出手指，一絲飛絮黏在他的指尖上，被融化吸收了。

「吱吱吱！」他緊張的發號司令，全部皮屑小子倏地分體，雄壯的大嚷一聲，就一窩蜂向着同一方向走去。

我和淑翩按捺不住好奇心，跟着大夥兒去看個究竟。

◆ ◆ ◆

直奔山頂，竟是軍營！

這裏居高臨下，是有利的戰略據點。我們身處的山峰，和對面山頭南北相對，山下是一片沼澤平原。

「嗨，表妹，怎會在這**峽谷**碰見你？」遠處走來一個女子，兩隻大眼睛炯炯有神，身上顏色鮮艷，身材圓胖，體內藏着紅色斑點，一閃一閃的，像聖誕樹上的燈飾。

「噫，表姐，你好！我剛離開學堂。」淑翩説着，招呼那個斑點細胞過來。

「淑翩，這位是……」

「我來介紹，他是麥高飛。」淑翩拍拍我，回頭向我介紹：「這是**丘仙菲**表姐，早我們一屆畢業。」

「你好，仙菲。」我舉起手揮一揮。凡遇見新相識，我習慣把手揚揚，不會主動握手。

「高飛，真高興認識你，看樣子你也是血球一族吧！」仙菲一眼便看穿我的來歷，主動伸出手來：「都是親戚嘛！」

我見她友善，就伸出手來，不再忸怩。「你的彩衣很特別。」

「這不是用來裝飾的。」淑翩搶白，像通曉所有知識一樣，又用手掩着嘴角，故作神祕的湊近我耳邊說：「看來漂亮，其實內有玄機，是殺戮武器！」說時眼睛還瞪得好大。

「你別捉弄朋友，老在開玩笑！」仙菲裝勢向淑翩揮一記粉拳，便轉向我說：「也沒什麼，這些紅點其實是化學炸藥，殺傷力頗大。」說着仙菲往身上一抓，取出一顆紅點，拿在手中，像滿身裝有彈頭、手榴彈的戰士，她又打開衣襟，信手拈來的都是炸藥。

那炸彈拿在手中，圓圓的儼如手榴彈，隨時會爆炸，我和淑翩生怕會走火，不禁後退一步。

「不用怕，炸藥還沒啟動。但要是拉開這道活門，或者用力往這兒一拉，裏面的化學物質會即時產生作用，炮彈就會爆炸，摧毀目標。」仙菲把「手榴彈」在手中拋來轉去，像玩雜技般，說到爆炸時，更繪影繪聲，雙手在空中打着大弧形，我們的目光跟着「手榴彈」轉，卻不敢走近一步。

「原來你是炮彈專家。」我明白了。

「所以你要小心，仙菲這女子不好惹。」

仙菲啼笑皆非，嚷道：「放心，這些炮彈不會用在你們身上。裏面的化學物專門摧毀不速之客。嘩，你們退得那麼遠，好誇張啊！」說着把炮彈往體內一塞，紅點又嵌回身上。

我這才舒一口氣。

「來，上城牆看。」

「有很多士兵站崗呢！」我急步沿石級向上走，看見一列列士兵整齊排開，每個的頭髮都長長的豎在頭頂上。

「他們是由這裏的吸收細胞組成的**長髮士兵**。這裏每天都有不少士兵傷亡。」仙菲説得輕描淡寫，見怪不怪。

「很多傷亡？好可怕。」淑翩納悶。

「也不。後方浩浩蕩蕩的駐着千軍萬馬，這些支援軍隨時候命，補充失去的前線士兵。這叫什麼……是前仆後繼吧。」看來仙菲一點不把死亡、捐軀放在心上。

「嗯，那是什麼部隊？樣子好有趣。」我見一列哨兵面朝沼澤平原，嚴陣以待，個個都像水滴一樣，頭顱小肚子大，胖得要命，遠看像個不倒翁。

「他們是**泡泡哨兵**，肚子有大量唾沫，是『口水佬』，專門『放飛劍』。」仙菲小聲告訴我，在賣關子。

淑翩眉頭一皺，很不自在。

我們來到制高點，極目望去，城牆向遠方伸延，看不見盡頭，卻站滿了泡泡哨兵和炮彈專家，還有很多其他士兵。

長髮士兵身子呈長方形，一頭蓬鬆濃密的烏髮。他們有些伏在地面，有些正用望遠鏡窺探，有些則筆直的站着列隊，不苟言笑，神情嚴肅，戰爭像一觸即發。

大家都專注的往遠方望，不時用指頭沾飛絮。

「乞吐」聲此起彼落，腹部鼓脹脹的泡泡哨兵，臉孔朝天，肚皮一收縮，肚裏的泡泡被噴到半空中，又落在沼澤平原上。

「難怪下面一片泥濘濕潤。」我伸長脖子往下望，恍然大悟。

忽然，一個炮彈專家在前方嚷道：「喂，仙菲，原來你在這裏！快來呀，有異物靠近，要準備迎戰！」話沒説完就俯伏下來，貼着地面，靜聽遠處傳來的聲響。

仙菲伸手，指頭停在半空。

「我在嘗試沾空中的飛絮。淑翩，你也試試看。」仙菲抓起淑翩的手，伸出城牆外。

飛絮滿天，淑翩的手指靜止，飛絮隨風飄過，繞過指頭，卻沒有停留。

仙菲説：「這是接收訊息的方法，你們必須學懂。你們剛離開學堂，感官也許仍未成熟，慢慢來吧。」

學堂老師曾説，國家沒有飛鴿傳書，卻把訊息漫天傳遞，每個細胞的指頭有不同的接收器，能從空氣中各取所需。這是我頭一次實習，感覺好神奇。我專注的望着指頭，期待在空氣中得到給自己的消息。

仍然沒有。仙菲的指頭已沾上幾根幼細的飛絮，飛絮融化，吸入體內，仙菲分析當中意思，頓時收起笑容，緊握的右手放於胸前，眼神堅定的呢喃：「he ne ni」。

我和淑翩面面相覷，仙菲神色擔憂的説：「不談了，我要去前線戒備！淑翩、高飛，你們小心，扶穩城牆，再見。」揮揮手，走遠了。

2

遠處黑黝黝一片，煞是神祕。

我和淑翩好奇地從城牆探頭。

「噓，你聽見什麼嗎？」淑翩在我身旁輕聲説，我側耳細聽，隱約聽見遠處傳來低沉的「轟隆轟隆」聲，像巨大的殞石或怪物正排山倒海、破山碎石而來，地面也在顫動⋯⋯

「哥，我怕。」傳來長髮士兵的聲音。

「弟，別怕，我先去，掩護你。」

「我不想你走。」

「你怎麼還不明白？這是我們的責任。準備好嗎？」

「嗯，準備好了。」

「挺起胸腔，這樣堂堂正正就對了。我走後，你照顧三弟，到你去後，就由三弟再補上，懂不懂？」

「哥，這就是『雖我之死，有子存焉。子又生孫，孫又生子，子又有子，子又有孫；子子孫孫，無窮匱也。』？」

「傻孩子，我等士兵陣亡，何足掛齒？難得這時候你仍有詩興，我就安心了。」

「哥，我們的祖宗是不是愚公？」

「哈，愚公移山是剷平一座山，但我們世代相承只為保衛國土完整。這種天然災禍，無法避免，每天都有機會發生，用不着大驚小怪。死亡，對我們這族羣來說，是最自然不過的，明白嗎？」哥哥說得輕鬆泰然，像不當一回事。

「好深奧……」

轟隆……轟隆……有什麼異物來襲嗎？

「是什麼聲音？好可怕呀！是巨龍嗎？」淑翩滿腹疑竇。

「不知道有沒有危險？」我的語調也不禁顫抖起來。

我倆沉默地等，細心聽外面的動靜。

轟隆……轟隆……

「高飛，我好害怕。」淑翩瑟縮在我背後，見她直打哆嗦的樣子，我拍拍她，安慰道：「別怕，有我在。」

轟隆轟隆……聲音愈來愈大，地殼震動更加劇烈，還有磨地的聲響，每個長髮士兵都嚴陣以待。漆黑的天際出現零碎的殞石和不明飛行物體，劃破長空，一塊巨大而嶙峋的殞石乘勢而來，撞向山壁和城牆，抖落不少山石，山腰的城牆也被撞凹了。

一瞬間巨石衝向我們這裏，我和淑翩蹲下，背靠牆角，彼此依偎。

「乞吐、乞吐」之聲如交響樂般在身邊此起彼落。

「呯！」地動山移，牆垣破裂。

「再見，弟弟！」長髮士兵被撞離崗位，從容就義。

「呀！」殞石滾到另一邊，又有許多士兵跌落城牆。

「好激烈的戰爭啊！」我擁着淑翩，心有餘悸。看清楚，那巨石其實是一顆凹凸不平的杏仁，在面前經過，儼如一艘大飛船，叫我們驚心動魄。我們呆呆的不敢動，緊張得喉頭也乾涸了，淑翩舔舔嘴唇，使勁嚥下一口唾沫。

巨石表面濕漉漉的，我想起泡泡哨兵，一定是他們吐出的唾沫潤滑了平原和石的表面，讓原本粗糙不堪的山岩平滑起來，減少殞石與土地的摩擦，也大大減低對同袍的傷害。

這種「天災」每天都會發生好多回，耗損許多長髮士兵，但眾士兵同心協力，維護家園。「真了不起！」我心中暗暗讚歎。

我和淑翩都鬆口氣，剛才仙菲緊張兮兮的，現在家園無恙，也該放心吧！我的目光四處搜索，見仙菲站在遠處，對巨石無動於衷。

她似乎沒把巨石放在眼內，而是翹首等待另一個目標，嚴肅的注視着路的盡頭。

我以為災難過去，料不到迎來的，是另一個更大的敵人。

「有外敵入侵，請準備。」仙菲發號施令，氣氛再度緊張起來。

一眾炮彈專家聽到命令，馬上各就各位，把手伸進體內，捏着體內的紅色斑點，準備隨時掏出手榴彈。

他們往遠處監察。咕嚕……咕嚕，咕嚕……咕嚕，一隻龐然巨獸緩緩蠕動，像一艘巨型郵輪，頭尾是尖尖的，身體卻有點扁平，張牙舞爪，如怪獸「哥斯拉」！

那怪獸愈走愈近，不時咆哮、狂號，目光猙獰，牠在痛苦掙扎，左右挪動，只見牠身上滿布炮彈專家和密密麻麻的瘡痍，體無完膚。怪獸把尾巴一揮，抖落了不少炮彈專家，但也有仍死命黏附在牠身上的。

「噗！」一個炮彈專家給拋落在仙菲身旁，奄奄一息：「是寄生蟲……線蟲……」

仙菲手裏捧着死去的戰友，吹響笛子，「兄弟，我們上！」身旁的同伴蓄勢待發。

抬頭只見無數炮彈專家依附在怪獸身上，「砰、砰、砰！」他們掏出手榴彈，不住往怪獸身上擲去，迸發出點點火花。

相對巨獸的體積，火花雖然弱小，但千千萬萬的火花匯聚，同時攻擊，怪獸的身體被轟得潰爛，滿布洞孔，但仍痛苦地頑強抵抗。

當怪獸掙扎着在面前經過時，另一批炮彈專家縱身跳越城牆陣地，登陸在牠身上，隨即掏出炸彈，口一咬，手一拉，只聽見一陣陣爆炸聲響，巨獸的皮膚給炸個稀巴爛。

「仙菲！」淑翩大嚷，目睹她在怪獸身上，眼神堅定，奮不顧身的攻擊……怪獸苟延殘喘，拚死反擊。牠呻吟一聲，把身體縮起來，再使勁一蹬，抖落了更多炮彈專家；這回許多長髮士兵再也不堪一擊，給拋到空中去。

我和淑翩躲在一角，看着這場傷亡慘重的大戰，心裏一陣寒慄，冷不防一陣地動山搖……

原來怪獸反抗時，身體擊破城牆，整道牆頃刻倒塌，我們腳下一虛，如墮懸崖。

淑翩靠在我旁邊，沒有抓牢，先往下墮，「哎呀！」她高聲叫喊，我本能地向旁邊一抓，剛好來得及抓住她的手。

這時我再不扶住什麼，就會跟淑翩一起跌個粉身碎骨。我一隻手緊扣着淑翩，另一隻手胡亂的往牆上抓。「擦、擦！」我的皮膚被凹凸不平的城牆刮傷，但也顧不得痛楚，心裏只知道一定不能墮下深淵。

這時，我才發現，黏稠的身體救了我。

由於身體黏黏的，「擦、擦」兩聲後，我們下墮的速度戛然而止，我緊緊黏附在城牆上。以一臂支撐自己，另一臂抓緊淑翩，活像一隻壁虎，扁扁的把自己貼到壁上。

「呀！」淑翩整個身體懸在半空，左右搖擺，還有許多士兵在身旁墜下。

淑翩的生命，只懸於我們緊扣的雙手；而我們的命運，又取決於我的身體能依附在城牆上多久。

我要以一臂之力脱險！「好，用力！淑翩，上來！」我大聲喊，運勁、用力把淑翩拉上。哎喲！手臂一陣痠痛，淑翩又向下墜，在半空中盪來盪去，命懸一線！再使勁，雙臂卻乏力。

糟糕！城牆開始出現裂痕，要坍塌了！下面是深淵，淑翩的眼神滿是驚懼。

淑翩每掙扎一次，我就愈支持不住，城牆的裂痕愈來愈大，我傾盡全力，卻無法扭轉劣勢。此時，淑翩緊張得要命，急忙決定：「算了，放開我吧。我會連累你的！高飛，快放手！」她把自己的手鬆開。

我咬緊牙關，繼續拉着淑翩，我怎忍心放手呢？

「快！不然大家都會掉下去。高飛，求求你！」淑翩搖晃不定，近乎哀求。

我也開始熬不住，但淑翩是我惟一的朋友，我哪能捨她而去？

「不……淑翩，你幫過我，我不能放棄你，再試試——」我把淑翩的手握得更緊，雙臂發瘓，氣喘得更厲害。這樣下去，我真會筋疲力盡，最後只得與淑翩一同跌個粉身碎骨。

怎麼辦呢？我心裏很亂，不知如何是好。

「吱吱……吱吱吱……」雜亂而尖鋭的聲音，自山腰的平台傳來，聲響愈來愈大，我往下望，見淑翩身下，一個布幕漸漸鋪張起來……

原來許多皮屑小子正在平台上，臂彎交疊，一個連一個的織成一張網，向左右伸展開去，鋪成軟綿綿的救生墊，墊上躺着不少墮下的戰友和士兵，他們都安然無恙。

「淑翩，下面有救生墊，我們一起跳！」我把手鬆開，和淑翩向下……

那是一種飄的感覺，我們彼此對望，她的眼神帶着微笑，在亂世中顯得格外溫柔，啊，我被一股安詳溫暖的氣流承托着。

直到落在救生墊上，我們的手仍沒有分開……

◆ ◆ ◆

我躺在皮屑小子身上，一陣暈厥，全身乏力，氣呼呼的，胸膛一上一下，疲憊不堪。

是皮屑小子在城牆破損時，救了他們的同胞。

「高飛，你還好嗎？」淑翩見我躺着，移近問。

「我沒事。」我緩緩睜開眼皮，嘴角向上一彎：「淑翩，真好！我們又在一起了。」

「高飛，謝謝你！沒有你我早就……」淑翩望着我，馬上又別過紅彤彤的臉，把目光移開。

我暗自高興，只低聲說：「也沒什麼。」眼見殞石和怪獸已無影蹤，便鬆口氣。

「謝謝你們！」我向皮屑小子躬身。他們保護同胞，保衛家園，在我心中，他們一下子變大了，是英勇的軍兵，不愧是馬家軍的兒子，虎父無犬子！

「仙菲。」淑翩心中有着不捨與懷念，隨即立正身子，向遠方敬禮。

才離開學堂，頓然發現國家並不如想像中太平。

我既感慨又讚歎。峽谷裏，每天受到不同物體和寄生蟲衝擊，泡泡哨兵、長髮士兵和炮彈專家，為了捍衛這片土地，死傷無數，然而他們很快就被替補，生生不息，國家的正邪勢力才得以平衡，國土才得以完整保存。

「啊！高飛，你受傷了。」淑翩發現我手臂和掌上的傷口，問道：「痛嗎？」

「沒有大礙，只要我們沒事就好！」

「高飛，你真了不起！是你黏黏的身體救了我。」

料不到經此一役，我和淑翩的關係拉近了……

爭戰過後，各隊軍兵又各就各位，一切回歸平靜。我很高興，因為第一次發現自己的用處——原來這黏黏糊糊的身體可以救急扶危呢！

走了一段路，我們都累了，淑翩靠在城牆下很快睡去，我卻思潮起伏。疊羅漢的情景、長髮士兵的視死如歸、炮彈專家的拚鬥……再次浮現腦海。淑翩探索飛絮的指頭，在我腦中放大再放大，佔據了我。她試着執行任務，履行屬於自己的職責。國家裏每個公民都在發揮所長，但我呢？怪醜的，我的用處在哪？黏糊糊的身體，除了可以黏在牆上，還有什麼獨有的本領？造物主有什麼想法呢？

3

我也背靠城牆一角，迷迷糊糊的睡着了。

夢中，我變成俊朗的王子，和公主在一塊；公主開懷的笑，模樣彷彿是淑嗣。

怎麼我背後有異動？公主在搔我嗎？我以為在做夢，但背部近腰的位置一直被什麼推壓着，本來靠着城牆的背，被蠕動的什麼分開了。難道公主在背後不耐煩了？

我聽到「哎呀」的聲音，夾雜着不滿、喘氣，就醒過來，轉頭一看，一個細胞正從牆角間竄出，那細胞像一片疊起的薄煎餅。

我一躍而起，細胞就氣呼呼的躺在地上，把折疊的身體伸展、還原。她臉色紅潤，眼睛修長得只有兩條線，神氣得很；身體像個圓形凹透鏡，中間陷了下去，皮膚光滑，沒有任何污垢，活像一個公主，長得如此漂亮高貴。我在學堂裏見過她的族羣。

公主站起來，體形只及我一半，她叉着腰怒目睥睨着我，又指着牆角的一個小洞，叱喝：「原來是你這醜八怪堵住了出口。哼！」

料想不到，樣子甜美的公主，小姐脾氣卻十足。

留心看，牆壁下方果然有個像野兔洞口，她剛才就是從那裏鑽出來的。

能出入這麼細小的洞口，她一定曉得軟骨功。

我正驚歎她這身功夫，料不到她竟説：「喂，醜八怪，連對不起也不會説呀？告訴你，以後別堵在這出入口，知道不？無所事事！」

我接連兩次被她惡言對待，就氣惱的回敬：「我不是叫醜八怪，請你尊重點！刁蠻公主。」

「你 —— 這裏是我的地方，沒任務的就要讓開！」公主以牙還牙，火藥味正濃。

「唉……唉……」也許聽到爭吵聲，睏倦的淑翩夢囈般叫起來。她臉色慘白，情況不妙。

公主一望，大為緊張，嚷道：「啊，她臉色很差！」像母親看見嬰孩發燒，緊張兮兮的要馬上行動。

她走近，深吸口氣，「呼 —— 」的把肚子的氣向淑翩吹去，再輕拍淑翩的臉，説：「醒來醒來，沒死就醒來！」

淑翩從迷迷糊糊中睜開眼睛，很快恢復神志，面色白裏透紅，回復神采。

「嗯，這裏是？」淑翩問。

「醒來醒來，別阻路。」公主好兇。

「你……好野蠻！」淑翩睡意全消，氣鼓鼓的。

「起來，讓開！別礙着我，我忙得很呢！」沒等淑翩起來，公主就推開她，害她栽在地上。

我走近扶起淑翩，自恃高大，眉頭就向上一扯，彎下腰，用食指指着公主，狠狠的瞪眼望她，儼如一頭暴龍面對獵物咆哮：「你好霸道！」

「哼，不知道是誰野蠻，本小姐忙得團團轉，你們不體諒也罷，還堵住通道，出言侮辱，真不曉得是哪個族羣！」公主沒好氣的抱怨。

「韋寶珊，你快過來，這裏的同胞很需要我們，別再無聊搭訕，好多事等着我們做！」洞口傳出吩咐。

「無賴！」韋寶珊逕自向洞口走去。看來事情緊急，她已無暇跟我們糾纏。

「我要搶救同胞，供應氧氣，否則他們會缺氧而死。明白麼？笨蛋！」她不禮貌地瞄了瞄我。

如斯標緻的女子，活像個潑婦。哼，有什麼了不起？我氣憤難平，想要跟她理論，但淑翩阻止我，把我拉到一旁，輕聲道：「我們錯怪了她。高飛，是她救了我。剛才我缺氧，神志不清得幾乎死去，她向我吹氣後，我好多了。」

「但她也不可以氣焰囂張，不可一世！」我辯駁。

「哼，阻住通道，我怎麼進去？救了你們連謝謝也沒有！」韋寶珊忿忿不平。

淑翩這時向她鞠躬，感激地説：「寶珊，謝謝你。」手肘碰我一下，壓低嗓音：「算了吧，她只是一心救急扶危。」

小洞只高及膝，韋寶珊蹲下，施展軟骨功，臀部在洞口左右擺動，雙手抱膝，輕微壓下去，然後晃動一下，就把整個身體擠進小洞口，向後退去。

這時寶珊只露出肩膀和頭，嘀咕着：「還好，這洞口小，只有我們才進得了，其他閒雜同胞，一概謝絕。」

我訝異這獨步天下的軟骨功——雖然公主傲慢，但她一生有清晰明確的目標，她的身體不就是為了這目標而設計嗎？扁扁圓圓的身軀，柔軟得可以鑽進任何通道，惟有這本領才可讓她擠進每個角落去營救同胞，真是上天的精心傑作。

而我呢，一無是處，不禁把頭垂得低低的，為剛才的魯莽和憤怒感到不好意思。我不該怪寶珊，正想向她道歉時，只見她已匍匐而去。

「不知牆的那邊是什麼？不如跟着去看看。」淑翩好奇。

洞無論如何是鑽不進去的，我四周張望，見不遠處有棵高聳老樹，就建議爬上去看看。

淑翩爬不上，我黏稠的皮膚正好大派用場，我揹着她爬到樹上，視線越過城牆，發現外面是林木茂密之地。

黎明時分，黑夜快將隱退，空氣中混着煙霞，晨光初露，幾縷光線照在草地上，一個細胞正在鍛煉掌上壓，孔武有力，節奏明快而規律，還不時把身體撐起擊掌，或做單手掌上壓。那細胞短小精悍，五短身裁，胳臂健壯，全身淌汗，胸膛一張一縮氣喘咻咻，身邊還有幾個公主在團團轉，向他吹氣，每吹口氣，他便精力充沛。

「好厲害啊！如此運動量，難怪要出動寶珊她們了。」淑翩驚歎。

「這是加量訓練，用來強壯自己。」我說，並留意到細胞總在左右窺伺，生怕被發現似的。

「他幹什麼呢？」淑翩疑惑，我聳肩，怪神祕的。

直至細胞站起來做急促來回跑，他半個面孔闖入我的視線。

「高飛，你認識他？」淑翩看見我錯愕的神色，問道。

「嗯，是學堂裏的同班同學，但不太熟。」

他是阿簡，錯不了。

阿簡的身形、反應和速度都增強了，要不是面上的瘡疤，我壓根兒認不出來。他面上沒貼上膠布，右頰的瘡已變成潰瘍，膠布也遮掩不了。

他終於畢業，離開學堂。他改過自新了嗎？

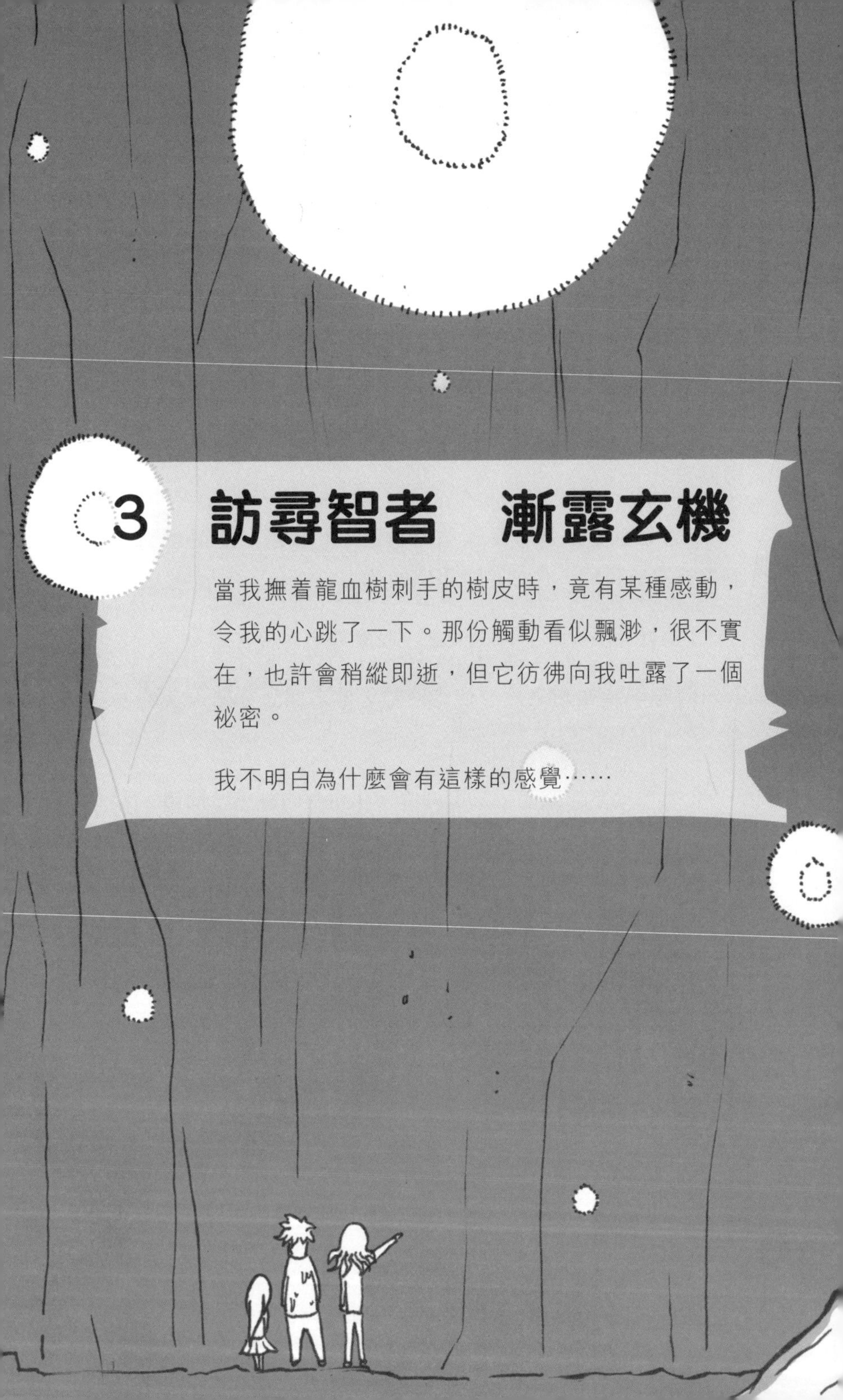

3 訪尋智者　漸露玄機

當我撫着龍血樹刺手的樹皮時，竟有某種感動，令我的心跳了一下。那份觸動看似飄渺，很不實在，也許會稍縱即逝，但它彷彿向我吐露了一個祕密。

我不明白為什麼會有這樣的感覺⋯⋯

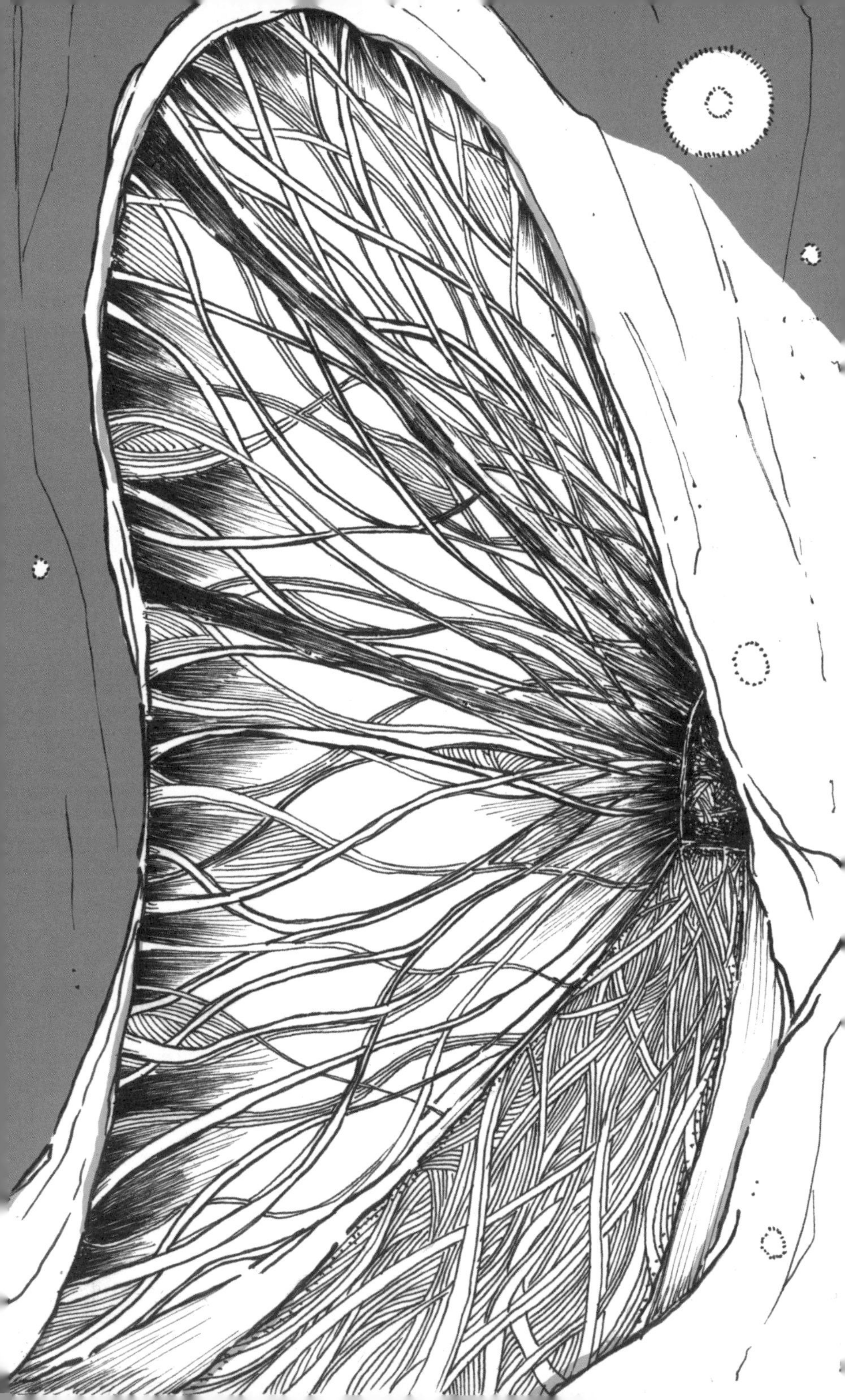

1

我和淑翩沒多作逗留，趁住日光正好，到處走走。

溫暖柔和的陽光，零零碎碎地從茂密的樹葉間灑在地上。不久，耳邊傳來悠揚樂韻，輕柔溫婉如微風吹來。

「很好聽啊！」淑翩朝歌聲方向望去遠處的山谷。

走近看，眼前是一片無垠美景 —— 歌德式的教堂座落在山谷之中，牆側鑲了閃爍的金邊，晨霧在教堂塔尖聚攏又散開。教堂背後是清澈的湖，湖面平靜，光線投在水面上，如璧似玉，山脈的樹林，被光線繪出豐富細碎的色彩，一條瀑布沿山壁傾瀉，剖開色彩，增添了動感。遠處的雪山，湛藍的天空，如絮的浮雲……我們恍如置身夢幻仙境，對着世外桃源出神好半天。

我們被輕柔的天籟之聲包圍，加上鳥聲、風聲和樹葉青草的哼唱配樂，填滿了這地，也填滿我們的心靈。我們默不作聲，只坐在草地上，聽着聽着。

我慢慢意識到，我們正在**聲帶谷** —— 一個萬物都在發出妙韻的地方。

我想起仙菲、寶珊、皮屑小子和長髮士兵，他們都像這裏的一草一木，各司其職地發揮自己。

直到我發現淑翩伸出手指，探索空氣。

「高飛，我好想……好想找到自己的角色。」

「你還好，起碼知道自己是白血球，對抗細菌外敵，捍衞家國。而我這個模樣，每個同胞都笑我、奚落我，我就像沒用的怪物。」

「高飛，別理他們，他們根本不認識你。你是獨特的，一定有所作為。」

「其實這裏很好，如果可以待在這裏直到死去，也不錯。」我有些賭氣，也想逃避。

「不過，卻少了一份使命感和意義。高飛，我們一定要繼續追尋我們的 he ne ni。」

「唉，我這醜八怪，真的有用嗎？看，木偶可以變成真小孩，醜小鴨原來是天鵝；可惜，這世上根本沒有藍仙子！你不會明白我的心情。天生我才？一廂情願罷了。」

我站起來，拍拍屁股，抖落身上的泥土。

淑翩見我發洩晦氣，就指着地上的落葉，「高飛，別這樣。不如我們把願望寫在葉子上，讓它隨風而去，在天上守護我們，好不好？」

這倒有趣呢！於是我們並肩俯身撿拾落葉。我找呀找，找到一片沒有枯黃的，就用指頭沾地上的泥巴，寫下自己的願望。

「我要找到 he ne ni ！」我想也沒想，便寫下這個。

淑翩猶豫好一陣子，也寫了，吐一口唾沫在葉子上，待葉子軟化後，把它對摺起來，讓邊緣的鋸齒像魔術貼般卡住、黏着。

「你寫了什麼？」淑翩問我，我笑一笑，把葉子給她看，就雙手合十，默禱，再張開手，放開葉子。風帶着葉子在半空打了幾個轉，就飄遠了。淑翩看着遠去的葉子，也閉上眼睛，像在禱告。

「你呢？想要什麼？」我探頭欲窺看淑翩手上的葉子。

淑翩趕緊把手移開，說：「不告訴你，這是祕密。」

「不公平！不公平！」我蹦蹦跳，大聲叫嚷。

「不可以讓你知道！」

「你不告訴醜八怪，醜八怪偏要知道！」

「醜八怪想知道什麼？不知道自己有什麼用處就去問呀！」身旁滾來一個車輪，戛然停在我們前面，竟是刁蠻公主韋寶珊。她立正，深吸口氣，再向我們各吹口氣，令我們馬上抖擻起來。

「剛才感覺你們能量低，走來催谷一下而已。」寶珊沾沾自喜，一副「看我多棒」的樣子，像完成了重要任務。

她指着我：「怎麼還在這裏？整天無所事事，浪費生命。

噫，我終於看清楚你，這麼醜的同胞，倒沒見過呢！」

「別這樣好不好？高飛很有用，他長得不好看，但生性善良，你不該奚落他。況且每個細胞設計獨特，有長處弱點，大家互相補足。」淑翩不服氣的為我辯護。

「我生下來便如此，可以怎樣？要問就問天吧！」

寶珊啞口無言，說：「好，既然是同胞，別說我不關照你，想要知道自己的來歷和用處，去問智慧老者，他什麼都知道！」

「智慧老者？」我問。

「穿過聲帶谷就是了。」寶珊往遠處一指，「但我說呀！智慧老者也不一定回答你，他從來就是少說話、多做事。」

「高飛，我們去看看。」淑翩向我建議。

「但或許，哈哈，你又醜又黏，可考起他呢！」

我們向寶珊揮手告別，她看看我，又抬頭望向我的後方，拋下一句：「嘩，高飛，你和這棵樹一樣 —— 醜！」就收起手腳，像車輪一樣滾下山谷去。

我和淑翩轉頭一看，那是什麼樹呢？形狀像漏斗，粗短的樹幹上枝椏橫生，青翠的小葉片長得茂密，樹皮乾旱龜裂，細看樹汁竟是深紅色的。

淑翩蹲下，讀着寫在樹旁的註解：「龍血樹，常綠灌木，生長於高山土壤稀少的乾旱之地，樹形獨特，樹冠大，能有效接住雨水和保護種子，枝幹像渠道將雨水導入樹根，故能在乾旱少雨的地區生存繁衍。龍血樹出現於國內不同地方，最常見於龍源。」

「想不到這裏也有龍血樹！」淑翩嘖嘖稱奇。

我觀察四周形勢，恍然道：「這是山谷的高點，空氣比較乾，龍血樹就可以生長。」真有點疾風知勁草的味道，在惡劣環境中生存，令我刮目相看。

「這樹真的好醜，哪像你！」

我暗地讚歎，竟有這樣完美的創造。雖然寶珊和淑翩都説龍血樹醜，我卻不認同，反而覺得它有一種美 —— 不畏乾旱的頑強生命，在逆境中自強不息。

「好可愛的樹，原來生長在龍源。」我喃喃道。

淑翩從我微妙的表情，看似意會到什麼，問我：「你想去龍源看看嗎？」

當我撫着龍血樹刺手的樹皮時，竟有某種感動，令我的心跳了一下。

那份觸動看似飄渺，很不實在，也許會稍縱即逝，但它彷彿向我吐露了一個祕密。

我不明白為什麼會有這樣的感覺，一時無法肯定，這是不是就是他們說的神祕的「he ne ni」。

2

「喂，你們不是要找智慧老者嗎？還不起程？」正當我和淑翩躊躇該走哪條路，寶珊在山腳處停下，向我們大喊。「我也想去那裏，一起走吧！」

我和淑翩面面相覷，滿有默契的點頭笑了，就一起衝下山。

「為什麼你要去智慧老者那裏？」路上我好奇地問寶珊。

「你別笑死我好不好？智慧老者每天運籌帷幄，工作不停，最需要我。」寶珊眼角向我一瞄，一副看不起我的樣子，同時流露一份自傲。

「由你帶路正好，不然我們會迷路呢。」淑翩很放心。

「我也是頭一趟去……」寶珊走走停停，東張西望，「嗯，不好找呢！到底絲綢之城在哪？」

「智慧老者在絲綢之城？」淑翩一言驚醒。

「那還用說！」

「什麼絲綢之城？」

「高飛，那是國家的中樞指揮站。老師曾說，它雖然只佔國家領土的五十分之一，卻攫取了一半的氧氣，工作量大得很。」淑翩解釋。

「所以呀，沒我怎行？」寶珊趾高氣揚起來。

「老師還說，國家裏有許多族羣，互為肢體，相輔相成。」淑翩言外有音。

「對，」我附和，「國家不能全是紅血球而沒其他，每個族羣各司其職，合作無間，一同作出貢獻。」

寶珊被我們一唱一和的壓下去，詞窮了，舉手作投降狀，說：「其實看多了，高飛你也不怎麼醜……」

我們仨走着走着，左一拐彎，右一急轉，在稻田阡陌間踏着輕快的步履；長長的身影在渲得發紅的泥地上，配合着腳尖規律地一分一合，像跳躍的音符，為我們哼出歌兒舞着拍子。

經過多番迴旋，路變得平坦，我們來到一處由磚頭鋪砌而成的空地。

是荒廢的工業城吧？四周沒有工廠大廈，康莊而平坦的路上，巨型的機器一部接一部在兩側整齊排列，綿延開去。但四周顯得荒蕪，像廢墟一樣。

「靜得很。」淑翩放慢腳步，側耳聽了好久，仍沒有絲毫動靜。

「看來我們迷路了。」寶珊氣餒的説。

四處了無生氣，要問路也難，我們沮喪得很。

「高飛，你感覺到嗎？」淑翩頓時止住腳步，語帶焦慮。

「感覺到什麼……」話才説了一半，我感到腳下「咕隆、咕隆」的震動，一上一下，很有規律，地面的震動令我們不安，就如一下一下敲打桌子時，桌上杯子裏的水就會緊張的顫抖起來。

「地震嗎？」淑翩輕聲的問。

咕隆、咕隆……聲音愈來愈大，向我們衝來，身旁的機器像被什麼啟動了，開始一圈又一圈的轉動起來，除了規律的聲響，遠處還冒出煙來。

死城霎時活過來。

嗚 —— 嗚 —— 身旁的機器發出隆然巨響，齒輪一個扣一個，各組零件互相連接牽動，發出無窮的能量。滾軸緩緩轉動，帶動一根根繩索和鍾鍊，在槓桿上爬上又溜下，牽引着一塊塊硬板子，上下移動。

嗚 —— 咕隆咕隆……嗚 —— 嗚 —— 咕隆咕隆……聲音刺耳，我們掩住耳朵彎下腰。在滾軸的轉動下，地面捲起大風，沙塵把我們的皮膚刮得刺痛。

過了好一會，機器活動放緩，聲音逐漸遠去，一切回復平靜。

「唔……這連串配件的盡頭，定有控制機器的指揮官，也許能幫我們找路。」淑翩建議。

「也對，試試看！」我附和。

「這一台台機器到底有什麼用呢？」寶珊很好奇。

我們沿着齒輪和滾軸走，又聽到傳來機器發動的音響，還混雜「咿呀、咿呀」的刺耳聲，地面震動的幅度也愈加劇烈。

最後，我們在一堵城牆前面停下來，城牆向兩邊伸延，也高聳入雲，無法攀越。

「糟！死胡同！」面對封閉的城牆，我把頭仰得高高的，瞪大眼睛張望。

走了大段路，我們竟走進死胡同。

「死城牆，放我出去！」寶珊氣惱的踢向城牆。

陡地一把聲音劈頭而來：「哎喲，誰踢我？」

城牆痛彎了腰，還伸出手撫摸被踢的位置，痛苦的呻吟聲由天而降。

原來那不是什麼城牆，而是比我高出七百倍、立着把關的巨膜壯漢！

巨膜壯漢的身體伸縮自如，極富彈性，他一雙眼睛睥睨着我們，叱喝：「來者是誰？怎麼會闖進來？這是**機房**重地，閒者免進！」

巨膜壯漢板起臉孔，粗眉成倒八字，怒目瞅着我們。

正當我們噤若寒蟬，他喃喃的發牢騷：「等等！遲些再教訓你們。」龐然大物頓時變形，成了柔韌的軀體，拿來錘子，使勁敲動面前的機器，錘子打在板塊上，叮叮噹噹的發出巨響。每打一回，身子便前後擺動，很用勁的樣子。

巨膜壯漢渾身是勁，跟柔韌的身體不大相稱，敲過板塊後，他把錘子放下，來來回回推動引擎，轉動齒輪，齒輪一個連一個的帶動了其他機器配件。

淑翩見他氣喘吁吁的停下來，忙賠個不是：「對不起，我們不小心闖進來。」

我也乘機問路：「壯漢先生，請問附近是否有個通曉一切的智慧老者？」

壯漢的目光驀然從高處落在我們身上，來回打量，才開口說：「你們是真笨還是裝傻？最權威的智慧老者也不認識？虧你長了眼珠子！」說罷眼睛左右轉了一圈，沒好氣的繼續說：「唉！看你，傻愣愣的，腦袋長了蟲不是？」說着用手敲我的腦袋。

巨膜壯漢別過臉來，身體一搖一晃，又再敲動板塊，嘀咕：「我看呀，你這般資質，又醜又傻，要臉的話，行行善，別去煩智慧老者！」

淑翩一時氣憤，喝道：「你不告訴我們也算了，這樣笑高飛，算什麼態度？」就上前踢他的腳。

「哎喲！」只聽見巨膜壯漢發出一陣哀鳴，眼睛緊緊瞇着，淚水鼻涕流得通臉都是，道：「好痛呀！好痛呀！求求你，小妹妹，別踢！我最怕痛！」

淑翩很驚訝，料不到巨膜壯漢高大又雄赳赳，只隨便踢他的腳趾，就直喊救命。哈，這大塊頭怕痛得很，淑翩不禁掩嘴竊笑。

「我叫劉淑翩，這是麥高飛，還有韋寶珊，都是我的朋友。」淑翩站在巨膜壯漢面前，語氣嚴肅得很：「你要向高飛賠不是，還得告訴我們智慧老者在什麼地方。」說時把衣袖捲起，佯裝要揮拳再揍他一頓似的。

巨膜壯漢見狀，露出驚慌的樣子，嘴唇顫抖，求饒道：「別打，老子怕痛！對不起，高飛。還有，智慧老者就在前面，你們只要沿着機器的槓桿繩索前行，便會找到他。」

「我問你，」寶珊乘勝追擊：「你是誰？做什麼？會不會騙我們？」說時把腿往後一拉，像要踢足球似的。

「好好好，我叫**田鵬里**，鵬飛萬里。我是打鼓的 —— 傳來的聲音令空氣震盪，搖晃我；每次搖晃後，我會往板塊上敲一下，移動中耳區的三塊軟骨。」他指着那三台大機器，續道：「就這樣，我把聲音引致的氣體震動，轉化成機器的動力，傳到千里之外。」

啊，原來巨型的齒輪和滾軸，組成了軟骨。

「鵬里鵬里，讓聲音鵬飛萬里，真是名副其實！好，本小姐今天就放過你。」寶珊把腿放下，鼓脹身體，向他吹氣，逗得他呵呵大笑。「謝謝你，精神了，精神了。」

「田鵬里先生，你力大又辛勤，好厲害！」我豎起拇指，倏地靈機一觸：「唔，沿着機器的方向，可以到達智慧老者那裏，難道你就是這樣把信息傳遞給他？」

田鵬里眼睛一瞪，詫異的說：「看來你倒不笨！哈哈，對，我每敲一下，空氣的壓力便隨着機器傳開去，到了遠處，壓力會增加二十多倍，化成能源，傳給智慧老者。告訴你，這便是這個地方的作用。」

「這個設計的確奇妙。」寶珊有感而發。

我看看那三台機器，很是讚歎。「謝謝你。時間不早，我們要走啦！」我們沿着機器方向走去。

「順着機器槓桿繩索的方向便可，記着啊！唏，你們還沒告訴我，找智慧老者幹啥？」田鵬里在背後嚷。

我回過頭，叫道：「我想問他，我是不是個沒用的笨瓜！」

「你肯定不是啦！哈哈。至於用處，自己好好去發掘吧！」

我們沿着一台台巨型機器前行，那轉動起跌的齒輪和桿子，在我們身邊過去。我興奮莫名，再過不久便見到智慧老者，我心裏火熱，殷殷期待，能知道自己的用處，多好！我全身熱烘烘的，也分不清是給正在隱退的斜陽還是熾烈的心情影響。

◆ ◆ ◆

「啊！你力氣可不小，真看不出來。」我瞄了瞄淑翩的腿：「剛才田鵬里痛得哇哇大叫呢！」

「那你要不要見識見識本小姐的厲害？」淑翩舉腳作勢，我轉身，一個箭步退開來，

「噫，真想不到如此巨漢竟是個怕痛鬼！」寶珊禁不住笑出來。

淑翩撓撓劉海，問：「唔，剛才我是不是太兇了？」

「你張牙舞爪的樣子，真像母老虎！」我扮個鬼臉，但隨即捱了淑翩一記粉拳。

「我是白血球，你是紅血球，都知道自己的功用，」淑翩對寶珊說，「希望見到智慧老者後，高飛也知道自己的用處就好了。」

「知道功用後，還要去找自己的位置。噢，可真是漫漫長路呢！」我接上。

「這就是所謂的『家』，不容易找呀！」淑翩同意。

「才不難！」寶珊伸出食指，擺出一副權威模樣，「當你在自己歸屬的地方時，你的心自然會發出 he ne ni。」

「好深奧！真會聽見？」我半信半疑。

「嗯，」寶珊眼神肯定，「每當感受到同胞缺氧時，我的心就會發出 he ne ni，催促我為他們補充能量。」

我想起寶珊為我、淑翩和巨膜壯漢吹氣的幾個時刻，問：「你是說，那個清晨、那次在山坡和剛才在回鵬里面前，你都聽到 he ne ni ？」

「嗯！」寶珊點頭。

「好可怕的幻聽！」我開玩笑。

「你竟敢挑戰本小姐？再這樣我就不客氣了！」寶珊叉着腰。

「老師說 he ne ni 不是耳朵能聽見，而是心靈的呼喚。」淑翩強調。

「那即是什麼？好神祕啊。」我好奇。

寶珊振振有詞：「很難說，像告訴你『我在這裏』、『我來我來』之類的感覺。」

「好玄！我連自己是什麼也沒頭緒，he ne ni 就更不用說了。」

「當 he ne ni 來時，你會知道的！」寶珊企圖說服我，「每個細胞也是這樣，我已感應好多次了！」

我沉默，沒有接下去，想起不久前在聲帶谷，當我摸着龍血樹時，那刻的確有類似的感動。那到底代表什麼呢？我不肯定，也許是我太敏感吧！

就這樣，我們邊走邊談，一台台大機器的盡處是堵圍牆，中間有道拱門，上面寫着「歡迎光臨**絲綢之城**」。

穿過拱門，我們如進入另一個國度。

3

拱門是疆界，分隔兩地，機房在門的這邊，門的另一邊是綹白的絲線，像柔柔的絨毛纏在一起，向外伸延，開端附在牆壁上，千絲萬縷。我們四處張望，試圖尋找生命氣息。周圍冷冰冰的，那不是指氣溫，而是內心的感覺 —— 縱橫交錯的銀白絲綢懸浮空中，配上偶爾來去匆匆的橙色光團，營造了強烈的冰冷感。

「嘟，嘟……」每回光團經過，都會發出聲響，像心臟量度器上跳動的粒子。

高空吊着一個紅色的警告牌：「危險！高壓鋼線，嚴禁觸摸！」

「唔，**智慧老者**在哪？」淑翩迷惘的目光投向每個角落；糾纏不清的絲線，恰似我的心結——不知何去何從。

我們停下來，舉目眺望，像站在地球一隅，面對浩瀚宇宙——深邃、不能測透。許許多多的光團在身邊流逝，像劃破長空的殞石往一望無際的地域馳去，究竟哪一顆光團能領我們到智慧老者哪裏？面前錯綜複雜的網絡，綿延不斷，我們自覺渺小，恍如滄海一粟。

呆站了一會，還是淑翩打破沉默：「高飛，田鵬里已把空氣震動的信息告訴智慧老者，這信息看來已化成光團，我們追隨這些光團，不就可以到智慧老者那裏去嗎？」

寶珊點頭：「我想正是。」

我帶點孤注一擲的口吻：「儘管試試看！我們隨便跟一個光團走去，或許『條條大道通羅馬』！」

剛好一個光團掠過，我們便追上去。

光團跑得太快，我們根本趕不上，於是又跟着另一光團去了。就這樣，不知走了多久，我們發現光團的軌迹漸漸有了變化——起初網絡往四方散去，愈往前走，光團的方向愈凌亂，摸不清楚，有的往自己衝來，有的又向另一邊退去。每次光團襲來，我們都得低頭躲避。

再往前去，光團的方向又不一樣了，它們向大致相同的地方奔馳，彷彿準備在星空中匯聚——數以萬計的光團，是萬個歸心的箭頭，往遠遠的拐彎處凝聚。我們都有強烈的衝動要尋找中心地帶，那會智慧老者的所在地嗎？

我們沒多説話，踏着急促的步伐，循着光團的軌迹，愈走愈近，向拐彎的地方走去。

◆ ◆ ◆

拐過角落，前面的景致叫我們目瞪口呆，不禁訝異的叫：「嘩！」

眼前是一個很大的天幕，綻放五彩色調，絢麗繽紛。遙遠的穹蒼，一個個光團飛掠而過，投在天幕上似是消失了，卻點點滴滴的繪成一幅山水畫的景致——藍天、白雲、揚帆的船、明媚的陽光！這一切，由眾多光團組合而成，恍如海市蜃樓。

我還聽到不同的聲音，我知道，我們已置身智慧老者的國度。

我們凝神觀望，那千千萬萬的光團再度湧來，景色瞬息改變 —— 山水畫變成一幅字，晃眼間又換了新一頁。晃動的字體吸引不了我，我的目光到處游移，彷彿要從千絲萬縷的軌迹背後，一窺幕後真正的操控者。

我仔細尋索，只見穿梭往還的白色柔絲。光團冷冷的恍似嘲弄的眼神，沒吐露半點端倪。

寂靜無聲，一股惆悵在心中冒起，如濃煙籠罩着我。我只覺無盡的沮喪，世界之大，智慧老者在哪？

我的心像鉛般墮下深谷，無助又無力。我東張西望，尋尋覓覓。「小心！」淑翩提醒我，但為時已晚，我的腿已往白色絲線踢了一下。而這一踢非同小可，一陣電殛自腳尖處湧流全身，還來不及顫慄，已「隆」的一聲飛彈開去，幾乎昏厥過去。

我迷迷糊糊的給拋到半空，輕飄飄的宛如靈魂出竅，我死了嗎？我感到自己在空中轉了又轉，才「噼啪」的掉到地上。

不知躺了多久，直至隱約聽見「嘟，嘟……」聲的呼喚，遙遠而虛幻，我才睜開眼睛。

頭很痛，我晃頭晃腦的掙扎着要站起來。

啊！白色絲線不見了。我赫然發現自己身處許多尊高聳的石像之中。不，那全是盤坐的老者。不遠處，一位慈祥老翁安詳的端坐着，身上散發着威嚴睿智的光彩。老翁只有一隻眼睛，頭很大，乾癟的臉龐上烙下深刻的皺紋，斑白而稀疏的頭髮迎風飄曳。他的身體比我大十倍。

我知道，我已身在智慧老者村了。我盯着老翁，心裏狂亂的跳，繼而一步一步走向他。走近了才發現他是個「千手老翁」，好幾千隻手從身體伸出來，每隻都窩住一根絲綢末梢，下巴還長着一綹長長的鬍子，在空中飄來盪去，直伸延至無垠的遠方。

啊！原來空中的絲線，是智慧老者們的美鬍子！

每次光團沿絲綢溜到盡處，智慧老者會伸手抓住，把光團吸收，只見好幾千個光團在智慧老者的臉上滾動，組合後成為另一光團，從下巴滑出，順着美鬍子滑到別處去。

我靜靜的仰視白髮蒼蒼的智慧老者，被他的尊顏深深吸引，心裏油然生畏。我內心原本焦灼不安，很想問他關於自己的一切，但不知怎的，在他面前卻驟然鎮靜下來。

我站了好久，沒有騷擾這位「千手老翁」，直至他陡地意識到什麼，眼睛緩緩張開。

智慧老者精神矍鑠，眼睛如我的體形般大，炯炯有神，圓圓的眼珠子注視着我，彷彿能洞悉一切。

「小子。」智慧老者莞爾，聲音深沉而威嚴，用手捋捋那把長長的鬍子。「你等了這麼久，大概有很重要的事情不得不問吧？」

啊，我的誠意感動了蒼天。

我戰戰兢兢的道：「智慧老者，我是麥高飛，不……好意思，我和朋友魯莽闖進來，打擾你，請你……見諒。我……其實……」我說話彆扭得很，支支吾吾。

「在那邊！」淑翩的聲音從背後傳來，她和寶珊正走近。

淑翩見我吞吞吐吐，就開門見山說：「智慧老者，我們遠道而來，只想問一個一直困擾高飛的問題，他不明白自己生在世上，到底是為了什麼。」

智慧老者端詳了我們一會，不徐不疾的說：「小子，我年輕時也不知道為什麼自己這麼『多手』，也不明白要這長長的鬍子幹啥。但現在我明白了，這都是創造者的精心設計，不多也不少，鬍子長短恰到好處。」

智慧老者不但沒給我開竅，還自說自話，一時把我弄糊塗了。

我等待智慧老者說下去，但他沉默須臾，再度闔上眼皮。

無言無語，也無聲音，只見一個個光團游移，如此複雜的軌迹，原來是由老者的鬍鬚交織而成。我在平靜中用心思考，一切又像有了頭緒。

我感到釋然，卻仍不太明白，疑惑地問：「請你告訴我，我滿臉瘡疤，究竟有什麼用？求求你，答我好嗎？」

這時，智慧老者仍沉默不語，我正想放棄之際，他卻再開腔，口裏唸唸有詞：「高飛，難道你的用處會比我的手和鬍子的用處小嗎？」

又是一陣沉默。

淑翩在我身旁，聽出説話背後的玄機：「智慧老者，高飛願意發掘自己的長處，並施展出來，他該怎辦呢？」

智慧老者喃喃的吐出一句：「尋找的，就得尋見；叩門的，門就給你開。」

接着，他拿出一根棒子，向遠處一揚，再用指尖一指，那裏出現了一扇門，上面端正的寫着「絲綢之城出口」。

「謝謝你，我明白了。」我茅塞頓開，那扇門像開啟了我的心，領我前赴一個不知名的地方。那個出口正是讓我進入另一境界的重要關卡。

「高飛，我們快去看看。」寶珊催促。

「好！」我旋即一衝而上，準備沿着那綹美鬍子前進。

「等一下。」寶珊轉身向智慧老者吹一口氣，溫柔的説：「謝謝你，再見。」

智慧老者呵呵笑了，精神奕奕的說：「我也謝你。」

老者和天幕漸漸地退到身後，只有光團在身旁竄過。

光團有自己的軌道，我的方向也開始明朗了？

◆　◆　◆

寶珊在「出口」前停下來，她找不到門把，就試着使勁的推，門還是緊緊的閉上。她好生猶豫——嗯，這門怎搞的？四邊像被封住，也不知道該向左推，還是往右拉？心裏一陣懊惱。

「芝麻開門！」她大聲喊，門仍緊閉。

「等我來！」我野蠻的衝前撞，肩膊一陣劇痛，門依然原封不動。

還是淑翩機靈，她上前，輕輕一敲，門就自動打開。啊，原來是從上面往下開啟的，大門緩緩的降下來，儼如一座吊橋。

叩門的，門就給你開，智慧老者的話果然沒錯。

門開啟後，就變成一塊地毯，我們踏在上面，軟綿綿的，當我們站穩腳步，地毯輕輕飄起，懸浮半空，跟門框分體，不知哪來的聲音：「請站好。祝旅途愉快！」

淑翩回頭，只見門框成了嘴巴，上下開合：「小子，下次記緊敲門！光靠蠻勁是不行的，老子的骨頭也快給撞散了。再見，有空再到這裏玩。」

我和寶珊尷尬得很，忙賠不是。門框笑聲朗朗，身體向下一彎，又使勁的往後翻騰，颼的一響，呼的一聲，消失了。

這時右邊出現一個路標，上面刻着「篩選堤壩」。

「篩選堤壩！」寶珊眼睛發亮。

「你知道篩選堤壩？」淑翩問。

「當然。那是我的族羣一生必經之處。」

「像是個什麼汰弱留強的地方。」

「我倒想測試一下自己的實力。」寶珊説時摩拳擦掌。

飛毯愈升愈高，寶珊雙腿發軟，四肢匍匐着大嚷：「好可怕，我畏高呀！」她屈膝，打着哆嗦把身體折疊起來，平躺在毯上。我和淑翩或坐或蹲，好奇的四處張望。

溫煦的陽光輕撫着我的臉，天上飄着雲絮。飛毯平穩地朝「篩選堤壩」邁進，毯的兩邊隨風飄動，伴隨風聲、雀鳥聲，下面是一片清葱草原，婆娑的樹葉在陽光映照下，像一隻隻小手迎風揮舞。崇山峻嶺，此刻在眼下顯得渺小。四周盡是安詳、平靜，我緊張的心情一下子也舒緩下來。

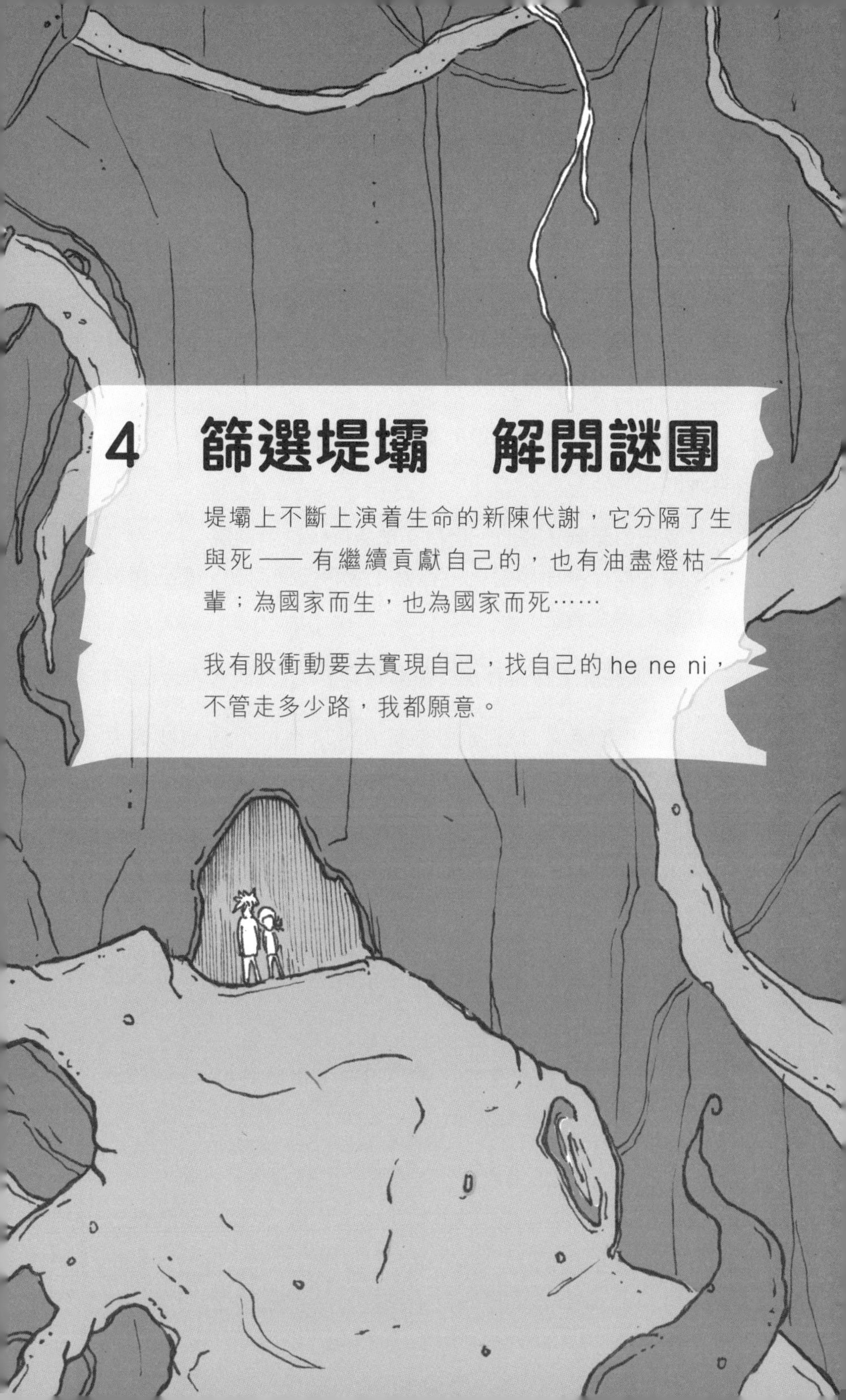

4 篩選堤壩　解開謎團

堤壩上不斷上演着生命的新陳代謝，它分隔了生與死 —— 有繼續貢獻自己的，也有油盡燈枯一輩；為國家而生，也為國家而死⋯⋯

我有股衝動要去實現自己，找自己的 he ne ni，不管走多少路，我都願意。

1

從高空往下望，是一座又大又雄偉的堤壩。宏偉筆直的堤壩是一道分水嶺，架於緩緩流動的水流中間，流水滔滔沿壁傾瀉，在下游處濺起白花花的浪。

堤壩之上，浩浩蕩蕩的集結了許多寶珊的同類，入口處被染成一片嫣紅。

寶珊的頭藏在膝間，仍然不敢張眼，納悶的説：「快到了嗎？每個同僚離開學堂後，都會在這裏接受測試，拿到證書才有資格到處漫遊。」

「好嚴格呢！像是什麼『品質檢定』。」我回應。

「對！要確保每個同僚的能力可以應付不同地域的要求，好的便留下。一生中，我們也許需要重複驗證，去蕪存菁。」

淑翩明白當中意義，説：「認可資格得來不易。無法通過測試的，就會被剔除。」

「這豈不很殘忍？」我唏噓，接着報告：「我們正降落**篩選堤壩**。」

寶珊張開折疊的身體，呼了口氣，擠出笑容：「終於到了！好藍的天，好美的雲。」

「自出生，就要為死亡作好準備。」淑翩若有所思。

我開始明白，細胞族羣，生生不息，無論是屬小腸的或是血球的，都在消磨與生長中達到平衡。

◆ ◆ ◆

飛毯在堤壩入口處停下，即使雙腳踏在地上，我依然有種飄飄然的感覺。

「紅血球請在左邊排隊，其他同胞往右邊！別排錯……你這白血球，往右邊去！喂，你，對，是你，排左邊！想避檢嗎？」一個滿布黑斑的細胞拿着揚聲器喊叫。

寶珊心事重重的排到左邊，緊握着雙手，不苟言笑，緊張得像赴試場的考生。

我踮腳張望，檢測原來很簡單——紅血球只要穿過前面幾條中空的樹幹便算成功；但中空的洞也真狹小，她們要運用獨有的軟骨功，先把身體收縮、拉長，匍匐擠進洞口，然後像旋螺絲般一點點地蠕動，鑽出洞口。

出了洞口的另一端，就等同通過測試。

所有紅血球都採取頭先進腳後入的方法，在樹幹裏寸進，手臂從另一端探出，頭冒出來後再聳肩張臂，用力按在樹幹邊緣，一運勁，整個身子就從窄洞竄出。

原來這個小洞，作用像過濾器，把壯健的和老弱的分辨出來。

「噢，看來我不行了！」站在寶珊前面的老婆婆在樹幹入口笑着説，很是豁達。

她老態龍鍾，勉強伸腰，嘗試鑽進洞口，但來來回回好幾次，就是鑽不進去。身體失去柔韌度，不像年輕時可隨意扭曲身子。

她索性坐在樹幹洞口，不再勉強自己，就對後面的寶珊説：「我放棄，輪到你了，孩子，要為國家努力啊！」

「婆婆，我會的。」寶珊對老婆婆可真溫柔尊敬。

「我去後，會被分解，化成培養族羣新丁的要素，循環再生。這樣，又有新夥伴跟你一起效力國家。」

「謝謝婆婆！謝謝你過去的辛勞。將來我也要像你一樣，化作春泥更護花。」

「你們美麗得像鮮花，我就做個護花使者，哈哈！」婆婆燦爛的笑靨盛開得像兩朵向日葵。「去吧，我的好花兒！」

寶珊點頭，折疊身體，沒多大難度就鑽進樹幹中心。

我感觸。堤壩上不斷上演着生命的新陳代謝，它分隔了生與死——有繼續貢獻自己的，也有油盡燈枯一輩；為國家而生，也為國家而死……

剛才的黑斑細胞走來，見婆婆虛弱地坐在那裏，伸手輕輕地把婆婆抱起來。婆婆一臉釋然，笑瞇瞇的說：「老了，沒用了。你記得讓我……讓我化作春泥……變成花啊！」她闔上眼睛，嘴角隱隱帶着笑意。

黑斑細胞伸手按在婆婆頭上，輕輕一捏，她慢慢融化、縮小，化為掌上黝黑的漿液，給舔進肚子裏。頓時，黑斑細胞身上又多了一塊黑斑。

看着黑斑細胞，我有點噁心：「嘖嘖，好邋遢。」

黑斑細胞機警地左右監視，突然衝前喊叫：「喂，停！你是誰？」他攔住一個高度只及他肩膀的細胞。

「你來這裏幹什麼？」黑斑細胞板着臉，氣勢凌厲，毫不客氣。

「我……我……走錯路。」細胞結結巴巴，正要轉身竄逃。

「停下！你到底是誰？」黑斑細胞在後喝住，不讓他離開。

「對不起——我路過而已。」細胞往我這邊跑來，他頂着鴨舌帽，雖然遮蓋半張臉，但我馬上認出他是舊相識！

他臉上有個潰瘍！

他是阿簡！

「停下，給我看看你！」黑斑細胞叱喝，兇巴巴的在後追趕。

我見黑斑細胞凶神惡煞的，令阿簡驚惶失措，就衝前擋在他們中間，張開雙手像母雞護着小雞般：「兄弟，別這樣。自己友，自己友。」

黑斑細胞瞄瞄我身後的阿簡，問：「你認識他？」

「對，是學堂裏的朋友。」我望住阿簡，「對不，阿簡？」

阿簡顯然忘記了我，卻馬上堆出狡黠的笑容，唯唯諾諾：「對，對對，同是校隊，是好朋友呢！咦，你怎麼會在這裏？」

在危急關頭，阿簡胡亂撒了個謊——同學都怕我，我哪有份參加校隊。好朋友？他竟如此稱呼我！他不再欺負我了？他願意和我做朋友？

這時淑翩和寶珊也來了，寶珊見阿簡面色不好，就向他吹口氣，他顫慄的身體才稍安定下來。

阿簡定過神，很高興的樣子，親善地跟淑翩和寶珊握手，有點誇張的不斷重複：「好高興，我們又見面了！」

但他沒和我握手，該是我的模樣嚇壞他吧？唉，剛才還説是好朋友！

正當我在暗暗自憐時，黑斑細胞輕按我的肩頭，他掌心的溫暖和力度，帶給我安慰，而他的身體也黏稠得很。他眼神柔和，很明白我似的，像在說：「孩子，別這樣，不打緊的。」

「你叫什麼名字？」黑斑細胞問我。

「麥高飛。」我告訴他，才發現他醜陋非常，臉上一顆顆疙瘩，像患了痲瘋；身上黏滿了大小不一的黑斑，彷彿被誰潑了一身墨汁，因瘡疤而增生的息肉十分難看。

我有點害怕，但還是站在他身邊，除了淑翩和寶珊，他是惟一願意主動接近我的細胞。

有同類向你親近示好，這感覺叫我溫暖，我渴望這種親近。

「好，麥高飛，你也不小了，來，我要告訴你一件事，我們到那邊吧！」

我請淑翩他們等一下，就和黑斑細胞走到廣場。

2

「高飛，我們屬同一族羣。」黑斑細胞邊走邊向我説。

「我老早猜到了。」

「你知道？」

「你跟我都有討厭的黏糊糊，和一樣醜——嘛！」

「呵呵，對對，我們醜陋，其實大有來頭；愈醜，來頭愈大。我們的族羣叫巨噬細胞。」

巨噬細胞？沒聽過呢！我在學堂裏成長，學習國家地理形勢和結構，但老師從沒告訴我我是誰，能在世上發揮什麼功能……一切都要我自己去探索發掘。

現在，這謎團正要解開。

「巨噬？那是說，我們生得高大，又會吃？」我顧名思義，難怪黑斑細胞的身形魁梧。

「呵呵，我們天生是大胃王呢！」他咕嚕咕嚕像在咀嚼什麼，「剛才你也看到，紅血球把一生奉獻殆盡，老弱時會被消化、分解，化成有用的物質。」他吐出一顆珠子，續道：「這珠子是製造紅血球新丁的精華，可以循環再用，很環保，血細胞就是這樣生生不息。」黑斑細胞用掌心搓揉被唾沫沾濕的珠子，向回收箱一拋，珠子給投進箱裏。

「啊，太棒了！」我抑壓不住內心的興奮，跳了起來。

「我們是國家的清道夫。」黑斑細胞指着前面的一堆垃圾，說：「看！」說罷舌頭一伸，把垃圾舔上來，再往地上一拂一掃，連附近的污垢也送到口中。

我看得傻了眼，興奮地喊道：「好厲害啊！」望着黑斑細胞滿口「食物」，我嘴巴張得大大的，像悟出什麼道理。

「嘩，原來我們是大胃口的垃圾桶，可以參加競食比賽呢！」

我請教黑斑細胞如何用舌頭撿垃圾，他耐心地教我，起初舌頭不聽使喚，總是撲個空，弄得滿口是泥；有時舌頭即使落在垃圾上，也黏不牢，教我氣餒。黑斑細胞鼓勵我，又再三示範如何控制舌頭伸縮的長度和勁度。我屢敗屢試，最後總算大概掌握到一點竅門，撿吃垃圾多半不落空。

「除了吃，我們的武功還很了得。當然，武功是用來抵抗外敵、壞分子，好能保護國家領土。」黑斑細胞儼如老師，説罷就從腰間猛地抽出彎刀，在空中「颼颼」地揮舞，刀起刀落，身體也跟着打轉，周圍立時颳起狂風。風隨刀鋒過處，呼呼作響，愈颳愈烈，吹得路旁的樹木瑟縮搖擺。

嗖地一下，他曳然急停，刀已回鞘，風的餘威仍在葉間運轉，夾雜着沙沙聲響，片片黃葉在空中紛飛，又徐徐落下。

「刀風掃落葉，厲害！」我歎為觀止，不住拍掌。

「欣賞完表演，要怎樣？」黑斑細胞問我。

我觀看四周，落葉處處，難道要「收拾殘局」？

「一起來喲。」只見他忙碌地撿地上的枯葉，送進口中。

我也試着把葉子快速地往嘴裏送。糟，給嗆住了，想吐又吐不出來，喉間「唔——唔——」作響，要窒息似的，就痛苦地向師兄求救。他趕上前，往我背後大力一拍，我才把哽在喉頭的樹葉吐出來。我深深吸一口氣，舒服多了。

「我們是清道夫，不是競食天王！」黑斑細胞哭笑不得。

我終於知道自己的身分，興奮得跳起來，才發現站在旁邊的淑翩在拍掌，而阿簡和寶珊卻有些不耐煩。

「淑翩，原來我是巨噬細胞，國家的清道夫。」我向淑翩宣告。

她點頭。「高飛，你終於知道自己是誰！」眼神流露讚歎。

「恭喜你，高飛，我們偉大的清道夫。」寶珊也湊近説。

我有些飄飄然。黑斑細胞高大的模樣、黏黏的身體、充滿黑斑疙瘩的皮膚……是活出生命、貢獻國家的見證。我豁然開朗，面前的清道夫雖然骯髒，卻散發着氣魄和風采！

「知道自己的身分，就要好好發揮。」寶珊鼓勵我。

「今天到此為止。暫時夠你發揮了，至於其他能力，待你長大一點再告訴你。」黑斑細胞笑得和藹。

「還有其他？」淑翩好奇。

「能力愈大，責任愈大。」

我搔着後腦勺，笑説：「暫時這樣就好。」

淑翩發現阿簡臉色青一塊白一塊，便問道：「阿簡，你沒事吧？」

「沒什……麼。有點……不舒服吧了。」他有點口吃。

寶珊馬上走近，向他吹口氣，阿簡精神多了。

黑斑細胞走前一步，凌厲的目光向他射去。

「你還好吧？」我靠近阿簡，流露關心，這才釋去黑斑細胞的戒備。

「嗯，阿簡，你要去哪裏？」淑翩探問。

「啊……」阿簡一時接不上，頓了頓，神情瞬間又起了變化，問：「高飛，你呢？你們往哪兒去？」

「我們剛從堤壩過來，」我見前方有個火車站，就建議：「不如我們往前走吧！」

阿簡扁扁嘴，想了想：「我倒想到堤壩另一邊看看，就此告辭吧！」他往遠處胡亂指指，沒待我們回答，已逕自離開。

沒走多遠，阿簡迎面遇上另一個黑斑細胞踽踽而行。他盯着阿簡，如炬的目光彷彿要把他從皮膚到骨子裏都看穿。阿簡頓覺驚恐不安，馬上回頭飛奔。

「我想……還是和你們一道走，我們是朋友嘛！」阿簡折返，神色帶點慌張。

「真的嗎？太好了！我們一起上路。」寶珊雀躍得很。

太好了，又多個旅伴，我心中暗喜。

「麥高飛，」背後倏地傳來黑斑細胞的深沉聲音：「你身邊的，真的是你朋友？」

我肯定的點頭，彬彬有禮地強調：「是，他是我的好兄弟。」

「對！我們是朋友，是『老死』！」阿簡連聲附和。這份熱情、這般肯定，叫我快慰，也認定他是我的朋友。

黑斑細胞一臉狐疑。

「我們在學堂裏同班，又是鄰座，失散後現在又一起冒險。」我直言不諱。

「嗯，難道自己太敏感？」他再打量阿簡，阿簡連忙躲到我身後。

「我們走吧！」阿簡催促着。

「師兄，謝謝你！」我跑上前投在黑斑細胞的懷裏。

他蹲下來，呵呵的笑道：「真不好意思，我們的樣子真會嚇壞其他同胞呢！但我們遍布各處，有獨特的角色，是垃圾收集站。哪個地方不需要清道夫？」

淑翩點頭說：「我們都是國家一分子，當清道夫的，要盡忠清潔；當白血球的，就竭力抵禦外敵，每個都要堅守崗位。」

黑斑細胞語重心長向我説：「我們生下來樣子醜陋，或叫你受了許多委屈，但我們都是造物者的寶貝，知道嗎？」

「明白。」我立正身子向他敬禮。

黑斑細胞示意淑翩，他倆逕自走開，談了一會，淑翩向我和阿簡望來，神色凝重。説完，黑斑細胞的手按在淑翩肩上，像給她什麼重任似的，就走開了。

「黑斑細胞説什麼？」寶珊問。

「也沒什麼，叫我們路上小心而已。」淑翩心事重重。

我拈起地上一個黑色大膠袋，慢慢將它捲起來，捲着，捲着，膠袋竟一點一點在手中融化，被身體吸納。就這樣，堤壩回復清潔。

「今天真高興，我終於知道自己的角色。」我一邊咀嚼垃圾一邊説。

「看你神氣多了。」寶珊欣賞的説。

「也是，走起路來大搖大擺，」淑翩昂首闊步，雙手擺動，「哪像以前，老低着頭，兩手直放在前面！」

「你還笑我……」

走到火車站，聽到傳來的廣播——「下一班車為幽靈列車，直達幽靈鬥士村，前往龍源的乘客請在幽靈鬥士村轉乘其他交通工具。」

「龍源？」阿簡驚訝。

「龍源？好遠啊！」我納悶。

龍源是廣闊的原野，在遙遠的「肺中土」，山巒起伏，地勢險要，要到那裏可不容易。聽說要越過「靜脈湖」，橫渡「心臟海」，克服波濤洶湧的「肺動脈湍流」，真是千山萬水！

龍源風景秀麗，有山脈也有平原，山上山下氣候差別很大，平原乾旱如沙漠，峽灣間卻有一個個小鎮，羣山簇擁，綠草如茵；燕子在房屋的木樑上，搭築菴雛之窩，堪稱「世外桃源」。這富饒之地，是國家首都，也是重要的戰略據點，與國家共存亡，因此周圍建有長城，許多細胞族羣也在那裏匯聚，齊心捍衛國土。

寶珊知道列車可至龍源，表現雀躍，急不及待的說：「我要去龍源，我一定要去！」

我不解：「千山萬水去那個地方，找苦吃？」

「那裏風景如詩如畫，很浪漫！」寶珊雙手抱在胸前，閉上眼睛，沉醉其中。

「那麼你自己去個夠吧！」我使出激將法。

「一個？不！」寶珊轉念，「高飛，龍源你一定要去，那很配你。山上長滿和你一樣醜的 —— 龍血樹！」

「寶珊，別笑高飛⋯⋯」淑翩止住寶珊。

龍血樹？我想起在聲帶谷摸着龍血樹的感覺。

也許因為剛知道自己的身分和角色，我有股衝動要去實現自己，找自己的「he ne ni」，不管走多少路，我都願意。

我的興趣來了，高興的説：「走吧，我也想去那裏，看看到底適合我不。」

5　敵友難分　頓生疑惑

「如果你願意，你可以違抗天命，走自己的路……為了天職，孤獨一生，這是你的意願嗎？」

我這才赫然醒悟，原來過去所做的，會令自己萬劫不復，落得孤獨終老的收場。

1

列車抵達車站。

車上乘客疏落，我、淑翩、阿簡和寶珊一字排開坐着。

也許剛才的訓練太緊湊，寶珊也因檢測而疲態盡現，一上車，我倆便倒頭大睡。

不知睡了多久，依稀一陣寒氣襲來，叫我打了個哆嗦，才發現垂下的頭靠在淑翩的肩膊上。

「不好意思。」我尷尬的説，用手抹去沾在淑翩肩頭的口水。

「不要緊，你很累。」淑翩嫣然一笑。

「你沒睡嗎？」

「嗯，不睏。」

車廂的門窗密封，但寒氣依然毫不留情的襲來，我不住顫抖，舉目望向窗外，只見白皚皚一片，綠茵原野已轉為蓋雪冰川。列車穿山越嶺，綿綿雪花飄搖而下，如天上灑下的棉絮，為世界添上厚厚的衣裳。

這兒到底是個怎樣的地方？我心中疑惑。

四周一片恬靜。寶珊在阿簡身旁，側身酣睡，阿簡正襟危坐，我也不好打擾他。

雪地的天黑得特別快，才一陣子，黑夜驟然降臨。

叮噹——「列車即將到達**幽靈鬥士村**。這是終點站，所有乘客請下車！」傳來清脆的廣播。

寶珊輕輕挪動身子，迷迷糊糊的醒過來，目光往外一掃，沒停住，又闔上雙眼，嘴裏咕嚕：「到了嗎？」

車門才打開，一陣寒風撲進來，兇得像把利刃要割開皮肉，又像鞭子抽打在臉上，還會化成零碎的刺針，沿着脖子鑽到身上。我趕緊站起來，才發現睡久了，四肢有點麻痺，蹣跚地走出車廂。

「幽靈鬥士村，神祕得很。」淑翩冷得發抖，挨着我。

寶珊揉揉惺忪的雙眼，一臉睏倦，她在月台上往下一蹲，有氣無力。阿簡看來最精神，還一個箭步上前看地圖板。

火車離開後，四周陷入死寂，時刻表顯示去龍源的最後一班列車已經開走，我們必須在這裏過一晚，明早再起程。

「呼——」一股冷風吹過，倒令我精神抖擻。我四處張望，這裏恍如死城。簡陋的車站由四根木條搭建而成，根本無法藏身。月台的樑上搖晃着「幽靈鬥士村」的橫匾，成為我們惟一的指望。極目遠眺，隱約看見一幢幢房子。

「寶珊，你覺得怎樣？」淑翩蹲下，拍拍寶珊。

「好冷！有地方避避風嗎？」她顫抖着説。

「我們可以去村莊借宿一晚，看來不遠。」阿簡指着地圖的一處建議。

「也好。若在月台捱一晚，準會冷死。」我附和。

「來！」阿簡蹲下來，揹起寶珊，三步併作兩步領頭向村落方向走去。

「謝謝你。」寶珊迷迷糊糊，輕吸口氣向阿簡吹去，他抖擻精神，開始前進。

我和淑翩跟在背後，看着阿簡自動請纓揹寶珊，對他頓生好感。阿簡樂於幫助同伴，該不再是以前那個問題學生吧？我向淑翩指指他，豎起拇指，淑翩抿嘴，不置可否。

天一下子就黑透。我們抵達村莊入口時，只見前方有一間房子，簷前亮着一盞油燈，幽幽地發出光暈，暖烘烘的燃點起我們的希望。

大家的身上沾滿雪花，寶珊在阿簡背上一動不動，若不是她鼻孔呼出白色的霧氣，我真懷疑她已經支持不住。

由於整天沒睡，淑翩也開始睏，這冰冷的天氣令體力透支，再不休息，是熬不下去的。

我敲門，並拉高嗓子：「請問可以借宿嗎？」

沒有動靜。

我嘗試推開大門，門鎖上了。門前有個荒廢了的馬廄，地上散着乾草，雖然髒一點，但不失為一處藏身之所。

「看來是空屋，我們就在這裏歇歇腳。」阿簡邊説邊卸下寶珊。

淑翩聽見可以歇腳，就癱坐在門檻上。

「等天亮再起程。」阿簡喃喃自語。

我嘀咕：「睡在這裏，屋主大概不會介意。」就自告奮勇，「你們等一下，我先把這裏整理好。」

我把淑翩安頓在一隅，阿簡和寶珊坐在另一角落。阿簡的話很少，總是若有所思似的。

四周滿是垢物，我伸出舌頭舔乾淨；又東走西跑，把垃圾囤積起來，再一股腦兒納進體內。不消一會，地方就清潔了，地上只有軟軟的稻草，阿簡在旁看得瞠目結舌。

最後我在四個角落堆起稻草，疊出四座「小山丘」。「請就寢！」我伸手一擺，同時津津有味的咀嚼垃圾。

淑翩和寶珊都睏了，鑽進稻草堆，又暖又擋風。我為淑翩蓋上禾草，她輕聲答謝：「謝謝，你真棒。晚安。」就滿臉安詳地沉沉睡了，嘴角仍帶着淺笑，我心裏感到一陣溫馨。

我們之中阿簡最精神，想起他主動説是我的好朋友，我亦希望多認識他。我走近他，很有興致的打開話匣子：「阿簡，你怎會在篩選提壩？你從學堂出來後，有奇遇嗎？」

「啊……這個……」冷不防我會走近，阿簡顯得有點侷促不安，就把頭縮進禾草堆，吞吞吐吐的說：「我搭錯車，所以……」一時接不下去。

「你坐車的？我們是坐飛毯，嘩，好神奇——」我蠻高興，覺得找到投契的朋友，可以跟他分享自己的經歷。

「是嗎？很有趣呢。」

「說來話長，我離開學堂時，跳崖好驚險，連皮屑小子也不耐煩，幸好淑翩來到……」

「呵……對不起，高飛，我很累，不如明天再談。」阿簡打了個呵欠，瞬間禾草堆中便傳出「呼呼」的鼻鼾聲。

「噢，對不起，你先歇。」我自覺沒趣，就輕聲說：「改天再談。」就愣愣地守候了一會，也鑽進靠近馬廄出口的草堆，將自己緊緊包裹起來。

也許太興奮，老闔不上眼。我提醒自己，要顧及朋友感受，別一味說自己的事，忽略朋友的需要。高飛呀高飛，怎麼你連這麼簡單的待友之道也不懂？再這樣誰會喜歡你？

我思潮起伏。看到同伴都在安樂窩裏酣睡，我為自己感到驕傲，心裏很滿足——我真棒，帶大家離開篩選提壩，沿路清理路面，當下又找到歇宿的地方，打掃整潔，連牀鋪也預備妥當。天生我才，這黏稠的身體不可小覷，它是造物者恩寵的印記，多麼獨特，多麼有用。

更令我快慰的，是可以照顧淑翩。想到這裏，我甜絲絲地笑了，卻又連忙晃晃頭，像要摔掉什麼非分之想。

阿簡蜷縮在禾草堆裏，發出呼嚕的鼻鼾聲。離開學堂後，他是獨個兒闖蕩嗎？他會像我一樣感到孤單寂寞嗎？他也在找自己的「he ne ni」嗎？想着想着，竟發現阿簡和我倒有幾分相似。

四周除了偶爾閃動的燈火，一切都抹上了重重暗影，好寧靜，好溫暖。

2

也許在火車上睡多了，也許還在為一己本領而沾沾自喜，我的腦袋處於亢奮狀態，久久未能入睡。

半夜，我聽見「沙……沙……」的騷動，聲音很小，但在寧謐的環境中，我還是聽到了。

那是稻草互相摩擦的聲音，來自阿簡的睡窩。

好奇心驅使下，我一動不動的裝作睡覺，悄悄地在草堆撥開一個小孔，偷偷觀察阿簡的動靜。

阿簡蠕動身子，像蛻皮的蛇先探出頭來，機警地往我和淑翩處望，鬼鬼祟祟的。他打量了好一會，見沒啥動靜，於是身體慢慢的移離稻草堆，「沙沙」的抖落一些稻草。他不動聲色，探頭探腦的，靜靜留意我這邊好一陣子，又再往淑翩處望。我心頭又抖一下，幾乎驚叫出來，阿簡想做什麼呢？

這時只見阿簡已完全爬出草堆，扭一扭身子，手腳靈巧柔軟，了無聲響，生怕驚動什麼似的。我的心卜通卜通的亂撞，連嚥口水也感到困難。我伏在草堆裏，不敢輕舉妄動，冷汗直往毛孔鑽。

咦，他好像想離開，但出口正好給我擋住。

阿簡有事要辦嗎？為什麼要乘夜急急離開？

阿簡微微屈膝，單手按住靠左的欄杆一躍，身子在半空畫出一道拋物線，落在靠近出口的柵欄上，只差一步便可跳出去。

為什麼他要不辭而別？有什麼難言之隱嗎？不，我要制止他，我們是朋友，有問題可以一起解決。

「喂，阿簡，你怎啦？這麼晚要到哪裏去？」我一躍而起，從後拍他一下。

冷不防被我一拍，阿簡像受驚的貓整個跳起來，氣憤憤的望着我，壓低嗓門說：「你不可以碰我！」聲音仍在顫抖。

料不到阿簡的反應那麼大，於是我忙賠不是：「對……不起，我只是關心你，你為什麼要走？」

「噓，輕聲點。我警告你，以後別再碰我！」阿簡顯然氣惱，很嚴厲的訓我，句句拒我於千里之外。

我很委屈，低下頭，吶吶的說：「我們不是好朋友嗎？是你向黑斑細胞說的……」

阿簡立即手一揚，止住我，不耐煩的說：「好了好了，別再提那……」斜望我一眼，頓了頓，「別再提那醜八怪。」

「你不可以這樣說！他醜，但大有來頭，是國家最棒的清道夫！」

也許我把聲線扯高了，阿簡連忙把食指放在唇上，示意我輕聲點。

他蹲坐在欄柵上，托腮沉思。彷彿過了好久，又把頭埋在兩掌之間，不知是沮喪還是失望。看他獨個兒低頭，我想起昔日的自己，孤單地呆坐湖邊，好可憐！我心軟了。

他畢竟是我們的旅伴，一個需要幫忙的朋友，於是我安慰他。「對不起，嚇壞了你，我不該未得你同意便碰你。」我為剛才的魯莽再賠不是，一把聲音在心裏響起：高飛呀，你不受歡迎，你該有自知之明。

阿簡仍然沉默。

氣氛有點僵，我鼓起勇氣說：「但你也不該惡言對待其他同胞。」我的語氣夾雜失望和憤怒，期望他表示歉意。說我醜也罷，但黑斑細胞是辛勤盡責的清道夫，不該被侮辱。

「我們都有用，都該受到尊敬。」我試圖說服他。

阿簡直視我，像在反對什麼。「我就是不喜歡那醜八怪！」連半分歉意也沒有。

「你—— 為什麼偏要這樣說？」我雖氣上心頭，但仍克制地壓低嗓門。

「高飛，別再說了。」阿簡止住我，但眼神沒剛才的決絕。他斟酌一會，然後說：「高飛，我們同在天涯淪落，有些話我不知該不該說。」

他遲疑一陣，欲言又止。我心生好奇，神經也拉緊了，就坐到他旁邊，說：「我們是朋友，朋友應該坦誠，彼此提醒。如果你當我是朋友，就說出來，別吞吞吐吐。」

阿簡吸口氣，說：「對，高飛，我知道你是個清道夫，一個很出色的清道夫。」

「謝謝！清理門戶是我的天職，不然怎會生得黏巴巴的，我只是做好本分。」

「但高飛，你幹活時，我看在眼裏就不舒服。上天對你太不公平，你生來樣子已經……有一點醜，還要派你做清道夫，到處沾污惹垢。這樣苦待你，我真的不忍！」

「阿簡，謝謝你的關心，但清道夫是上天給我的角色，我願意承擔。」

「你不愧是國家的好市民。不錯，這是你的天職，但高飛，你可以有其他選擇。」

「選擇？」

「如果你願意，你可以違抗天命，走自己的路。」

「阿簡，我不明白，我哪裏有錯嗎？」

「我們是朋友，請別介意我直言。你可知道，每次你吸進肚子的穢物，由於消化不了，會一點點沉積下來，令你的樣子更……更恐怖！你現在是少醜，我、寶珊和淑翩都不怎介意，但日子久了，你會愈來愈醜，個個都怕，又在背後指指點點，這樣我們又怎跟你過日子呢？很丟臉呀！最終你會成為和那……那黑斑細胞一樣的 —— 醜八怪！」阿簡加重語氣，「醜八怪」三個字打在心上，益發叫我難受。

「啊，真的嗎？」我愕然，本能地摸摸自己，只感到滿臉疙瘩；再端詳皮膚，東一塊西一塊沉澱的垢漬，的確比以前多了。沒料到，為地方清潔，自己反倒愈來愈邋遢，愈來愈醜陋。我用手掩面，心在抽搐，不敢想下去。

「我真的變醜了！可怕死了！」我兩眼泡滿淚水。

「我當然感激你為我清理垃圾、蓋被窩，但你這樣犧牲，很不值得，我情願你不要糟蹋自己。剛才我睡的時候，想起你愈來愈醜……就害怕。」

因為我變得更醜，阿簡才離開？但我連問的勇氣也沒有，囁嚅：「對不起……」

「醜八怪好可怕，沒同胞喜歡，孤單寂寞，你想變成那樣嗎？」

「別說了別說了。」我不自覺地扯高嗓子，阿簡噓了一聲。

「高飛，你心腸好，愛幫助其他同胞，這點我十分欣賞，所以願意跟你做朋友；但看着你變得愈來愈難看，我的心就……就……一陣陣的痛。為了天職，孤獨一生，這是你的意願嗎？太不值得、太糟蹋你了！」

「我該怎辦……」我的聲音哽咽。

阿簡有點猶豫，眼珠子不停打轉：「懸崖勒馬啊。高飛，你可以選擇從此不再履行什麼天職，清理垃圾到此為止……對不起，叫你傷心，我不該多口。」

「不，謝謝你。朋友之間應該直言，免得我泥足深陷。」

「高飛，別難過。你將來一定會有很多好朋友，所以我才不想你毀了自己！」阿簡語重心長，一副惋惜的樣子。

我沉默半晌，如墜下深淵。

阿簡這番話，不無道理。我一向最介懷自己的容貌，最在意身邊有沒有朋友，我想起淑翩，難道我一生就只得她一個朋友？如果將來她因為我變得更醜而離開，那不是太悲涼嗎？我這才赫然醒悟，原來過去所做的，會令自己萬劫不復，落得孤獨終老的收場。想到這裏，我開始珍惜眼前的阿簡，畢竟他對我們都好。

朋友，是一匙甜蜜香滑的冰淇淋，如點點甘霖滋潤我乾旱的心田。幸得身旁這位知己直言忠告，我才看清形勢。

「阿簡，謝謝你，我會好好記住你的話。雖然我們彼此了解不深，你卻為我擔憂，着緊我的將來，你真是我的好朋友！沒有你，我可不知道自己會變……變得這麼醜！難怪剛才我清理馬廄時，你膽戰心驚似的。」

「小意思，唔……」阿簡瞄向淑翩的稻草堆。「其實剛才在堤壩時，我已想提醒你別再撿垃圾，但淑翩一直在你身旁，我不好插嘴。你醜了，難道淑翩沒跟你談過？」

「沒有。」

「唉，她哪算是朋友啊！」

「她希望我發揮所長，活出使命……」

「這太殘忍了！高飛，成功靠衣妝，你可以繼續做你的清道夫，然後變成超級醜八怪，又或者從今以後拒絕墮落，不再邋遢可怕，選擇權在你，你可要作個明智的決定。」

「也是……」我的心很亂，重重心結解不開，一時感到委屈，別過了臉。

「對不起，沒想到破壞你的心情。高飛，我們是朋友，我不會害你的，希望你好好想一下。天好冷，睡吧。」說罷就鑽回稻草堆。

「謝謝你，阿簡。」我悵惘地回應。

阿簡倒頭就睡，又傳來「呼呼」的鼻鼾聲。

我在溫暖的被窩中，想起自己的樣子，想着清道夫的身分，想到淑翩對我的期望，心情久久無法平服……

3

才過不久，「嗚呼……嗚呼……」連串刺耳的響聲，劃破寂靜的空氣，由遠而近，像有什麼緊急事故。

我們倏地驚醒，從禾草堆中冒出頭來，在昏暗的燈光下張望。

不遠處正迅速湧來點點燈火，密密麻麻的。那些火炬一明一暗，有規律地推進，像一大羣蜂擁而來的螢火蟲，自各家各戶湧現街頭。

在最前方的勇士，拿着喇叭使勁的吹，要喚醒沉睡的村民；經過之處，門倏地打開，村民走出來跟着大軍上路。

我們站在欄杆前，給眼前的景象嚇呆了。大軍旋即掩至，我們猶豫該不該也跟上去。

大軍路經馬廐，有點喧囂。原來是由蝌蚪狀細胞組成的軍隊，每個「蝌蚪」都戴上頭盔，手持油燈，直着身子在地面滑行；點點的油燈在漆黑的環境中格外明亮。

「這是什麼地方？他們在做什麼？」寶珊如夢初醒，琢磨眼前的一切。

「砰——」房子的門給狠狠地推開，裏頭的蝌蚪狼狽不堪地一手提着油燈，一手抓着酒瓶，跌跌撞撞，步履不穩，滑行時東倒西歪，一副喝醉的樣子。

看來他準備加入軍團，卻沒頭沒腦衝向這邊的柵欄，一個踉蹌，我接住自他手上滑落的油燈。蝌蚪掙扎一下，好不容易才站住腳。

「誰——」這一跌令他醉意稍消，生氣的把油燈搶回，提高一照，照得個個都拉着鬼魅的影子。

他瞧我們叱喝：「你們到底是誰？膽敢闖進這裏？」

蝌蚪比我高出一倍多，他揪起我，把手中的油燈湊近，像要照透我身上每一根汗毛。

他的頭很大，半張臉藏在又硬又笨重的頭盔裏，我嗅到滿是酒氣的鼻息。他的身體十分細長，像是一縷纖絲垂到地面。走路時尾巴如蛇滑行，在雪地上只留下淺淺的印記。

「我……我叫麥高飛，他們是我的朋友……」我給凌空提起，脖子被掐得很痛，本能地拚命掙扎。

我給摔到地上，淑翩立即上前扶起我，她雙眼紅腫，紅筋暴現，臉色眼神萎靡黯淡，她睡不好麼？

「今晚天氣好冷，我們進來借宿一宵，真對不起。請你原諒！」淑翩急忙辯解。

「對不起，如果打擾了你，我們馬上離開。我們沒有惡意。」寶珊連忙道歉。

「唔……」蝌蚪舉起油燈，往淑翩照了照，滿臉狐疑，似在打探虛實。

「一、二、三……四，」他指着我們，一個個的數，「怎麼……怎麼……會有四個不速之客！」蝌蚪被什麼嚇壞似的，掉下手上的東西，雙手抱頭，痛苦地喃喃自語，「不可能的，這裏不會有其他族羣。」他幾次用力眨眼，再望望我們，「天！我一定醉了，不該再喝，不該再喝。」

他從衣領抽出掛在頸上的十字架，對着我們，向我們唬嚇：「我以真神的名，叫你們離開。聽清楚，這——裏——不——是——你——們——來——的——地——方！」

「**史賓**，你還在這兒幹嗎？大夥兒都走遠了，再不走就會遲。」驀然傳來一把聲音，是另一個蝌蚪。他高高舉起手上的燈，聲音平板而欠感情，目光呆滯，眼神空洞。

「馬上來馬上來。」史賓趕緊回答，說罷的衝前，像要逃避惡魔，連滑帶跑的邊走邊叫：「撒旦，滾開！」

新來的蝌蚪轉頭催促我們：「你們再不走就來不及了，想給冰雪活埋嗎？」

「阿簡，我們走吧！」我甩開淑翩的手，走近阿簡。

我們踏出馬廐，成羣成隊的蝌蚪在身邊掠過，我們給這股潮水淹沒了。

4

天邊一角引進了微弱的晨曦，四周依然漆黑；夜在拖泥帶水，抗拒黎明的降臨。

淑翩獨自走在前面，我想起阿簡的「忠告」，暗地埋怨淑翩，明知我變醜，也不告訴我，淑翩是故意的嗎？她為了國家的好處，要我犧牲？怎麼她不顧我的感受？難道她想利用我的本領，去達到什麼目的？那太狡猾、太豈有此理了。

當我為這事耿耿於懷，我和淑翩之間的距離正拉遠了。

一路上我在賭氣，我刻意冷落淑翩，和阿簡、寶珊跟在後面，說話總是有一句沒一句的。淑翩回頭，努力想加入話題，卻只能擠進「哈哈」、「是嗎」之類，挺沒趣的，漸漸就知難而退。

其實，我心裏挺矛盾，和淑翩本來要好，一夜間疏離了，阿簡呢？該是好朋友吧，卻很陌生，總之感覺怪怪的。

淑翩自討沒趣後，該發覺我對她冷淡了。

走了好一段路，阿簡猛然想起什麼，東尋尋西覓覓。「糟糕，我把母親留下的信物丟了！」

「丟在路上？」我問。

「不肯定……唔，可能遺留在馬廄。」

「那是什麼樣子的？」淑翩停下來問。

「這對我很重要的！怎麼辦呢？」阿簡一臉焦慮。「不，我得回去找找看。」

「我和你一塊兒去！」我自告奮勇。

「不必了。」阿簡斬釘截鐵，態度決絕，還誇張地撒手搖頭，「寶珊和我去就好。來，寶珊，我們走。」

「你們先走，不用等。找到了，我們就馬上趕過來！再見！」話音剛落，阿簡已牽着寶珊，頭也不回轉身就跑了。

阿簡跳躍的身影，左穿右插，消失在晃盪的燈火中。一大羣蝌蚪從後掩至，如洪水般再次迫使我和淑翩向前。

我納悶，一路上默默無言。看着阿簡匆匆離開的模樣，我的心再次懸在半空，像錯失了一個朋友。

不知怎的，我心深處，總覺得阿簡不會回來，他只是找個藉口逃之夭夭。我無法抑制自己的猜疑。

高飛呀高飛，為什麼你不相信朋友？為什麼你的信心那麼薄弱？我埋怨自己。

◆　◆　◆

白雪飄渺，路上只剩下我和淑翩，像當初離開學堂的時候，但如今一切已經改變。

「請問去龍源的車站往哪兒走？」淑翩問身邊的蝌蚪。

「哪裏還有車站？你看不見暴雪嗎？車站老早給雪埋了。」

「那我們怎樣去龍源呢？」

「快沒命了，還去龍源！現在只有一條路，往前走，趕緊離開這裏再算！」

淑翩很失望，我頻頻回頭看，阿簡和寶珊仍杳無蹤影。

「嘩，高飛，你看！雪地多髒！」淑翩試圖打開話匣子。

我低頭看，果然有堆垃圾，我本能地想要撿起，目光接觸到身旁蝌蚪的頭盔，閃亮的表面反照着自己一張扭曲的臉，上面有不少黑斑疙瘩，恍如給狠狠淋下一盆冷水，把我撿垃圾的意欲一下子撲滅。

我可以選擇，我告訴自己，要對垃圾無動於衷。淑翩，別再引誘我，我才不上當！

我別過臉，淑翩碰了一鼻灰，關心的問：「高飛，你昨晚睡得怎樣？天氣很冷，是不？」

我一眼也不瞄她，繼續踽踽前行。

淑翩心裏不是味兒，但仍死纏爛打：「謝謝你昨晚替我弄的牀鋪，很暖和呢！」

弄牀鋪一事有如一根刺，戳痛了我，我冷冷的說：「淑翩，對不起，我有點不舒服，可以讓我安靜一下嗎？」

淑翩怔住，料不到我的語氣那麼硬，她張着嘴巴吐不出話來。

氣氛變了質，比冰冷更冰冷。

這雪地，怎會那麼大？前路好長好難走，那股寒意還混着不解和冷酷，自腳底湧入心裏。淑翩的牙關「格格」打顫，瑟縮身子，雙手一直顫抖，我佯裝看不見，也沒有關切的問候。我倆並肩而行，但彼此的距離卻是天離地的遠。

我的步伐慢下來，為等候阿簡，淑翩也跟着放緩腳步。

東方終於引進第一線曙光，卻驅散不了嚴寒。

「高飛，阿簡也許不會回來。」淑翩推測。

「你別説朋友壞話。」我絕情的拋下一句。

我們愈走愈慢，不知不覺已落在隊伍的後頭。

「喂，小子，還不快走？要老子像趕羊般不成？」一個大頭蝌蚪在後面怨道：「真不知天高地厚，死到臨頭啦！要是雪崩了，想逃也逃不掉！」

「什麼？快雪崩了？」淑翩大為緊張。

「哈哈，那有什麼奇怪。這裏是幽靈鬥士村，氣溫比其他地方低，還會間歇地發生雪崩，見怪不怪。」大頭蝌蚪眼角掃了掃：「看，四面都是山，終年積雪，隨便一座雪崩了也夠送你們歸天。聽見嗎？那是雪崩的聲音。」大頭蝌蚪示意我和淑翩留心聽。

靜心聆聽，果然有轟轟聲響從遠處傳來。

我不住往後望，忐忑不安：「他怎麼還未趕上來？不會有事吧？」説着拳頭握緊。

回頭望去，整個村落猶如廢墟，無盡的落寞緩緩伸延。轟轟幾聲悶叫，徒添沉寂感覺，又如死神的號召。淑翩見我想回頭的樣子，便勸阻：「高飛，我們還是先走，危險呀！」

「哎呀！你倆真婆媽，嫌命長啊，算老子倒楣！」大頭蝌蚪二話不説，一手揪着我，一手抱起淑翩，匆匆上路。

一路上，大頭蝌蚪不斷在我們耳邊咕嚕：「幸好老子比正常細胞輕一半，可以帶你們逃難。不然，你們早喪命了！」

◆　◆　◆

不知過了多久，大頭蝌蚪終於停下來，把我和淑翩放下。

我一看，四周都是密麻麻的蝌蚪。

「來，」大頭蝌蚪攤開手掌，神情嚴肅，道：「站到我的手掌上。」

我和淑翩分別踏上大頭蝌蚪的左右掌，像登上高塔，視野越過前面遼闊的蝌蚪羣，一眼望去，只見羣情洶湧，成千上萬的蝌蚪在冰封的平原上蓄勢待發，像等待着什麼。

蝌蚪們很有秩序，列隊向同一方向魚貫前行，後頭還有許多蝌蚪從四方八面匯聚而來。

我往更遠處望，始終看不見阿簡的身影。

穹蒼中飄浮着一片片荷葉，隨風緩緩轉動，降落在不遠處的平台上。啊！好大的荷葉，葉莖自中央處垂下，着陸時，葉茲陷在平台上的一個個洞口裏。前方的蝌蚪浩浩蕩蕩登上葉子，不一會，葉子開始旋轉，升上半空，隨風飄去。

整個藍天搖曳着片片巨葉，葉片徐徐飄向遠方。

「每天派出這麼多軍隊，真不知有多少能成功衝鋒陷陣，完成傳宗接代的任務。」旁邊一個蝌蚪説。

「呵呵，這個我們可管不了，我們只須全力以赴，勇往直前。這種戰爭，本來就損耗極大。儘管我們的鋼頭派上用場的機會微乎其微，但如果這是造物者的意思，我們就得好好裝備自己，不是嗎？」大頭蝌蚪回應道。

「對，師兄，即使犧牲，也是光榮。」

蝌蚪挺起胸膛再次迎向前方，一副堅決迎戰、視死如歸的樣子。

我聽着，也有一刻深受感動。這些士兵都是國家的精鋭部隊，經過極嚴格訓練，卻絕大多數在枕戈待旦或在往前線途中身亡。成萬上億的大頭蝌蚪，最後只有一兩個能直搗黃龍，這看似是一種浪費，卻是生命繁衍的奧祕。

目睹這些鬥士精神抖擻，向着目標穩步前進，心裏不由激動。我呢？也該做好本分嗎？

「兄弟，完成造物者的託付，跑要跑的路，最終是成功是失敗，何足掛齒？」大頭蝌蚪回了一個鼓勵的眼神。

淑翩不期然望向我，我立即避開她的目光，假裝心不在焉地四處張望。

「前進，前進，不畏困難……為國家而生，也為國家而死……」又傳來慷慨激昂的歌聲，像對我發出邀請。

一轉念，阿簡昨晚的話再度閃現，「高飛，你可以有其他選擇的……如果你願意的話，你可以違抗天命，走自己的路。」上天對蝌蚪太不公平，創造他們出來，卻又讓他們直赴黃泉！如果蝌蚪苟且偷生留在這裏，定可以活得長久一點。他們真笨，他們是可以選擇的。

耳邊風聲呼呼作響，四野寸草不生，烈風如刀鋒割破皮膚，我的手指僵硬，心也一併硬下來。

我對眼前一切表現得漠不關心，我瞄瞄淑翩，把她熱切的眼神壓下去，我要她知道，我才不管什麼使命不使命，我不可以再醜陋下去！這一刻，阿簡的安危才是我最關心的。

上天畢竟是殘酷的，阿簡和寶珊，在我們離開幽靈鬥士村前再沒出現。

5

一座白色半球形的發射台，立於巍峨的山嶺平台上，在湛藍的天色下，煞是奪目。漫天荷葉舞動，愈飛愈高，最後消失在雲端。

「各位士兵，馬上上機！」荷葉上的蝌蚪機師在呼喊，大頭蝌蚪立即領我和淑翩上前，準備登機。這些葉子會帶我們到哪裏呢？我還有機會遇上阿簡嗎？

機師在前面指指點點，催促其他蝌蚪往中間擠，終於騰出一小個空間，便向大頭蝌蚪招手：「你，快上來！」

大頭蝌蚪牽着我們上前。

「不，不，不！這兩個小子太重，飛機會垮的。」機師大嚷。

「那麼我抱着他們吧！」大頭蝌蚪的身軀輕飄飄的，即使負着我們的重量，仍像浮於半空。大頭蝌蚪一閃身，便登上了葉子。

「要到哪兒去？」有士兵問。

機師放大嗓門回答：「戰壕補給站。」

士兵們都沒有異議。

自半空鳥瞰，一片冰封的山麓，峻嶺溝壑，間或有碩大的冰塊自山頂崩裂，殞落村莊，形勢異常險峻，但在空中望去，卻又顯得那麼遙遠。

阿簡會遇上危險嗎？他會不會一去不返？地那麼大，雪崩又這麼兇，心忖大概我們不會再相逢。

我再沒和淑翩説話，氣氛好差。

冰天雪地、深山峻嶺逐漸隱去，不遠處出現了大片綠茵平原，陽光溫煦，令繃緊的神經稍稍鬆弛下來。正當暗暗慶幸能平安脱險，駕駛座的機師回頭高喊：「我們要加速飛進雲裏，是時候放下那兩個小子。」冷酷得像宣布死刑的判官。

「對，是時候讓他倆下去了。」大頭蝌蚪附和説。

我捏了一把冷汗。

後面站着的蝌蚪不由分説的給我和淑翩塞上一個背包。

「那……是什麼？」淑翩的心七上八落，甚覺疑惑。

「這是降落傘，戴上它！」托住我們的大頭蝌蚪冷冷的説，像迎戰的軍兵把情感收斂得不留痕迹。「我們這一夥是上戰場去，你倆是——不——受——歡——迎——的！」話裏語氣決絕，毫無商量餘地。

「你……就此放棄我們？」淑翩瞪圓了眼。

「這……是謀殺！」我帶着怨懟，聲音在顫抖。

「哈……真荒謬！兄弟，我把你們救出冰川，你們不但不領情，還控訴我謀殺？」

機師回頭，不耐煩的説：「看，風從這邊吹來，」他眼角瞄瞄右邊：「等一會就放下你們。不用怕，往下墜一陣子，只消拉扯肩膀上的繩子，它連接背包的手掣，降落傘一打開，你們便會隨風落在綠茵場上。」

遠處有個看來像堡壘的建築物，四周長滿青草，外圍是不規則的圍牆。

「我們就降落在那裏嗎？」淑翩指指堡壘，手卻在抖。

「沒錯。雖然我不清楚這個小子是誰，但他的樣子，」機師回頭打量着我：「跟在那裏工作的倒有幾分相似，相信那是個好去處。」

「真的？」淑翩眼睛一亮。

「啊，不……」我給當前的形勢嚇壞，說不出話來。

淑翩深深吸口氣，對我說：「不用怕，高飛，我們有降落傘。」一邊說一邊聳動肩膊，把降落傘套在肩上。

「你們再不下去，戰機愈往上升，空氣便愈冷，風更大，你們會捱不住的，而且落點容易有誤。」機師的語氣夾雜着催促和恐嚇。

「唉，你真婆媽！」大頭蝌蚪搶回降落傘，胡亂的為我套上。「你先下去，記得在半空打開降落傘，再見。」

大頭蝌蚪左手一放開，我只感腳下一虛，墜跌下去，恍似有股吸力把我扯進黑洞去。

我急速往下墜，速度愈來愈快，耳邊風聲颼颼，堵住了耳膜，腦袋也在發疼。

我一陣昏厥，聽見上頭有聲音喊：「高飛，開降落傘！開降落傘！」

我慌忙按下手掣。

「蓬！」一股力量頃刻抗衡高速下墜之勢，自背部猛然將我往上拉，只覺肩膀被扯得痛極，心臟跳到咽喉處。

下降速度放緩，我成功張開降落傘，正隨風往目標飄去。

正當我放下心頭大石，「嘎巴！」一條連繫降落傘和背包的吊帶受不住壓力，突然斷裂，傘子馬上失去平衡，傘衣往外翻開。「嘎巴！」另一條吊帶也承受不了風勢，斷了。

我在半空「呀」的大叫一聲，身體本能地扭擺，手腳掙扎着亂抓，下墜漸漸加速；背包竟滑脫開來，我與降落傘分體，身體急速墮向地面。

「淑翩，救命呀！」是我最後的呼喊……

◆ ◆ ◆

淑翩仍未張開降落傘，此時下墮速度比我還快，「唉呀，不好了！」她大叫，在空中撥動四肢，控制下降的方向，努力令自己接近我。

「高飛，伸出手來！」她大喊，影子愈來愈大，直往我撲來。

我把手伸長，噢，抓住了！淑翩雙手被我的身體緊緊黏住。我感到有一股衝力，將我扯下去，加上氣流和重心轉移，我倆在高空不受控地轉動。

淑翩咬住肩膀的繩結，頭一曳，扯開連接降落傘的開關。

「蓬！」一股浮力把淑翩向上扯，我的軀幹和手腳像要被扯裂般，相握的手傳來巨大的浮牽力量，與地面的吸引力格鬥，下墜速度終於減慢了。我回過神來，向上望，才清楚看見雙手握着的淑翩，正惶惶地望着自己。

風在耳邊嘯，我們四目交投，在空中徐徐降落。

降落傘在淑翩的頭上打開，像盛開的孔雀尾巴，映着陽光，把一切映得很不真實。

我倆手牽手在空中盤旋，耳邊是清風吹起的鈴聲，陽光照得身體暖烘烘的。

「小心，高飛！」淑翩大叫，我們要着陸了。

「噗！」我先接觸地面，一個趔趄，像滾地葫蘆般在地上轉了幾圈。

「噗！」淑翩腳下也一陣踏實，背上的浮力投降了，降落傘軟下來，像洩氣的皮球塌在地上。

「高飛，你沒事吧？」淑翩氣喘咻咻的掙掉糾纏的降傘，跑上前。

「沒事……謝謝。」我拍拍身上的沙石和青草，舒了口氣：「好險呀！」

當淑翩獨自收拾降落傘時，不知怎的我腦海中浮現篩選堤壩的清道夫，他們獨來獨往，孤單骯髒。他們就是我將來的寫照嗎？不，我一萬個不願意。淑翩一邊收拾，一邊喚我：「高飛，我們一起走，到堡壘去！」

我沒理她。

「到龍源吧！」她又建議。

這話像針戳痛了我。「不！我不要這樣！」

「你說什麼？不要什麼？」

「我不去龍源，不做清道夫！」

淑翩的手停下，怔住。「你……你再想想，這是你的天職，只有你才做得來，你是無可取代的！」

「我才不稀罕！」我往前急走，把淑翩拋在後面。

「你不是一直想找到自己，找到生命的方向嗎？……怎麼你現在竟要逃避呢?!」

我戛然停步。良久，我轉過身來：「淑翩，為什麼你還不明白我？我一直以為你最了解我，我當你是朋友，但……你卻出賣我，我對你好失望！」

「你……為什麼這樣説？你這樣……令我好傷心。」淑翩的聲音顫抖。

「我錯信了你！」我指着淑翩，「我的樣子令我好難受。你知道嗎？你看，這些，還有這點，和這個，是什麼？都是瘡疤！是從清理路上的污垢、垃圾得來的。你看我現在這個樣子，難道還不夠爛嗎？」

我滿腔憤懣，像座沉寂已久的火山，一下子要將積壓的怨氣爆發出來。我激動得連珠炮發，氣呼呼的説：「為什麼你不早告訴我？你好狠心，竟讓我一直糟蹋自己！你要瞞我多久？你要我墮落下去？我好失望！」

「為什麼？為什麼你會説這話？如果你不明白自己的價值，才是糟蹋了自己！我……為什麼要糟蹋你？」

「為什麼……」我一時接不上，但火上心頭，馬上反擊：「哼，你自私，想我為你到處清潔。」

「你……」淑翩的話斷了弦，在哽咽。

「如果不是阿簡提醒我，我可會像那些怪物一樣醜陋，將來孤單得可怕！你明白嗎？」

「阿簡阿簡，就是因為他，你竟懷疑自己，也懷疑我？甚至懷疑造物者給你的一切——」

「別再說了，我已經選擇。」

「你已選擇？你竟選擇相信阿簡！」

「他是我的朋友，我認識他比你還早，當然信他。我不想再醜下去。」

「我不覺得你有什麼難看，」淑翩漲紅了臉，理直氣壯：「看你自暴自棄的樣子，才真令我心痛！你逃避自己的責任，你不再是麥高飛。麥高飛是個清道夫，一個勤奮、為國家效力的清道夫！」

「劉淑翩，別以為你救了我，就可以教訓我、支配我；我也救過你，我們算是扯平，以後各不相欠！」

「你沒欠我什麼，你欠的是造物主，辜負祂創造你的心意！」

「你錯了，是祂虧欠我，我不再相信祂，我要取回失去的樣貌！」

淑翩十分委屈，咬住下唇，潸然淚下，幾乎站不穩，嗚咽道：「你氣我，就是因為阿簡？你可知道他的底蘊？真正的朋友是為你好，幫你實現自我，不是摧毀你。」

「你……你……住口！」

「阿簡在挑撥離間！他怕你威脅他……」

「我怎樣威脅他？你說。」

「臨離開篩選堤壩前，黑斑細胞警告我要小心阿簡，留意他，阿簡可能不懷好意。」

「豈有此理，那醜八怪憑什麼詆譭我的朋友？」

「高飛，別太相信阿簡。黑斑細胞從阿簡的眼神，看出他很怕你，或許他有很多祕密怕會被你揭穿，威脅他的安全。再過一些日子你自會明白，阿簡不是你的真朋友！」

「遲些遲些，到時我已醜死了。哼，堤壩那個醜八怪當然想其他細胞陪他一樣醜！真朋友假朋友難道我分不清？你們才是挑撥離間！阿簡是我的老朋友，他不會害我。」

「他可能是……害羣之馬、叛徒！」

「胡說八道！」我幾近崩潰，不想再說下去，就一個箭步沿山坡前進。

「你要小……心！……高飛，這是一個糖衣陷阱！昨晚他的話，太不負責任了，你要小心！」

「你——」我氣在頭上，怒憤填膺，像給侵犯了，「你竟偷聽我們說話！」

空氣倏地凝住，靜默半晌。

「我想你知道，你是獨特的……如果你不實現抱負，不明白自己的價值，就是糟蹋自己……」淑翩哭喪着臉，嚶嚶抽泣，聲音微弱得幾乎像在自說自話。

我鼓起兩腮，踏着大步疾走離去。為什麼他們都誤會阿簡？為什麼他們要我實現自己？為什麼造物主給我的天賦，要令我受苦受罪？如果實現自我只帶來痛苦和詛咒，我為什麼仍要堅持？一大堆問題，叫我迷惘。

我伸直雙臂緊握拳頭，身體不由自主的抽搐，心陣陣絞痛，眼角滿溢的淚水，再也禁不住淌下來。

5

敵友難分　頓生疑惑

6 真相大白　重尋使命

我清楚感到一陣火熱，像有什麼敲在心上，發出「愛這地方，要保護它」的迴響。在緊急關頭，我的心和這地方產生共振，有強烈的聯繫。……

這共生共存的感覺，就是那神祕的——he ne ni！自出生起，我彷彿註定屬於龍源。有它，就有我，我被造，就是為了它。

1

我忿忿不平，愈走愈遠，嘴巴像上了拉鍊。

走了一小段路，一道大城門映入眼簾，木閘深鎖，兩旁守着侍衞，穿着頭盔戰衣，手拿鐵矛。

他們見我走近，馬上俯身蹲下，像歡迎貴賓似的。

我怔怔的站着，不明所以。

最前面的單眼士兵以嘹亮的聲線喊道：「歡迎元帥蒞臨。」他個子比我略小，眼睛黑亮。

「元帥？」我摸不着頭腦。

「閣下是清道夫嗎？」

淑翩拭乾淚水，三步併作兩步趕前來，代我回答：「當然！」

「兄弟，起來起來。你是……」我彎腰扶起單眼士兵。

「我是這裏的守衞，**李科濟**。」單眼士兵脱下頭盔，向我敬禮。

「我叫麥高飛。」

「麥元帥，請進。」李科濟説罷，城門徐徐開啟，發出隆隆聲響，我覺得自己像個王公貴族。

「這位是……」

「我是麥元帥的朋友，劉淑翩。」淑翩忙不迭的自我介紹，瞄我一眼，一副「你拿我怎樣」的模樣。我沒理會她。

受到英雄式歡迎，我受寵若驚，雖說眼下情況有點奇怪，但畢竟被敬仰的感覺很好，於是就跟着李科濟前進，沒再說話。

李科濟難掩興奮之情，邊走邊說：「元帥，終於見面了，真好。」

他搞什麼？什麼元帥不元帥，我只點頭笑了笑，沒有回應。

踏進城門，前方豁然開朗，有大道直達一座堡壘，李科濟匆匆趕在前面，語帶歉意說：「麥高飛元帥，我有任務在身，不能和你詳談。來，你們快進去，他們都在等你。」

科濟欠身，敬禮。「請從那邊的大門進去，樓梯雖然稍暗，卻是通往堡壘中央的捷徑。不好意思，我還要回去把關。」說罷就匆匆回到城門口。

「嘩，原來你是堡壘的 V.I.P.！」淑翩主動和我說話，想緩和剛才的不快情緒，我倒覺得她語帶揶揄，但心裏卻沾沾自喜——元帥？原來我身分尊貴，這回可吐氣揚眉了。誰還敢笑我、看不起我？

推開門，前面是狹窄的樓梯，有點陡，而且暗暗的，我猶豫一下，就沿着螺旋形的樓梯拾級而上，只是愈前行愈幽暗。

「原來你是元帥，高手不露相！」淑翩在背後踮着腳尖，難道她早知道堡壘內有乾坤，現在推波助瀾叫我往內探索？

令我不安的是，四周飄來夾雜腐朽和糞臭的氣味，愈來愈濃烈。

終於到達頂處，我忽然煞住腳步，淑翩冷不防撞向我背後，大家幾乎同時叫起來。

我們雙腳栽進一灘污水，水高及足踝，上面浮着垃圾和穢物。

前望是灰暗的甬道，盡頭處有微弱的光。不，這是條垃圾巷子，地上滿是污水油漬，黏黏膩膩的，還充斥着廢紙、渣滓和泥巴等，陣陣發霉的氣味混着魚腥惡臭，撲鼻而來。我捏緊鼻子，走起來舉步維艱，一不留神，更摔了一跤，屁股沾得黑黑的，滿身異味。

我試圖一鼓作氣，急步越過巷子，但一急，又踉蹌栽在地上。

「唉，這裏好骯髒。」我正要打退堂鼓，卻發現身後穢物堆積，退路比前路更長更難走。

淑翩反而能鎮定地一步一步向前走，她扶起我，鼓勵我：「我們慢慢走，很快就會到盡頭。」

萬料不到一座外表莊嚴雄偉的堡壘，竟是「金玉其外，敗絮其中」！

愈往前走，垃圾堆得愈高。現在我們半條腿陷在泥濘裏，涉「水」而行，不時還要踢走路障，或用手開路，才可以前進。

「唉，中伏！那個李科濟竟指我們走這條路！」剛才歡欣期待的心情，如今全泡湯，我甚至懊惱自己竟聽信他的話，到這裏來，沾得一身糞臭。

終於來到巷子末端，我們探頭張望，只見一條水道，污水沿水道從左向右流過，旁邊還有許多單眼士兵在工作。

水道臭氣薰天，撲鼻而來，淑翩捏緊鼻子，亦頓感噁心，就嘔吐大作，喉嚨發出低沉聲音，彷彿要掏空腸胃，連鼻涕淚水也迸了出來，眼睛發紅，很是虛弱。

水道裏的單眼士兵身上滿是污垢，但他們沒有抱怨，只管把水道的污水和垃圾往岸上撥，清理堆積的穢物。

我到處張望，想盡快逃離這個鬼地方，「噗！」我感到背後一陣冰涼，全身濕透 —— 一個單眼士兵不小心把污水濺到我身上。

「對不起！對不起！我不是故意的。」他趕緊賠不是。

我一臉不悅，還未及開腔，他已嚷着說：「你的樣子……你是麥高飛元帥嗎？歡迎你來。」就伸出手來表示友好。

一直以來，我都渴望有同胞主動跟我握手，但現在呢？我的心情複雜得很。我恨透這地方，甚至不想多留一秒鐘，不希望跟這裏有任何轇轕，況且他的手沾滿污水和穢物，我才不願和他們打交道。我厭惡這個垃圾堡壘，討厭認識這裏的族羣，也不願意在這惡臭的環境談話，只想快快離開。

我後退一步，把手收在背後，滿臉猶豫。單眼士兵見狀，解釋：「剛才守衛通知我麥高飛元帥會來，就是你？」

我高聲說：「我不是什麼元帥……你們認錯了。」

他很失望，把手收回：「但你是清道夫嗎？」

「我才不是！」

「對不起，錯認了；對不起，弄濕了你。」

「沒關係。請問……哪裏是出口？」

「往前走，拐個彎就是。」說罷就走開了。

我急步向前，水道濕冷陰森，我仔細看，發現兩旁除了單眼士兵，還有身形龐大的清道夫。

這些清道夫的模樣把我嚇壞了，他們的體形比我大兩三倍，個個凶神惡煞的，全身邋遢，遍體疙瘩。有的拿着掃帚，把垃圾掃在一起，然後一股腦兒把垃圾抱在懷裏，再使勁一捏，垃圾便被吸進體內，吸收量極大。有的站起來，像青蛙一樣伸出長長的舌頭，舔食漂浮的穢物；遇上小污垢，他們便用肢體黏起來……就這樣，他們經過的地方，馬上變得很乾淨，但自己就愈見醜陋。他們忙個不停，卻任勞任怨，不吭一聲。

這個地方、這些清道夫太可怕了！我低頭不敢到處張望，但不知怎的，總覺得四周有許多目光像子彈射向我。他們會發現我嗎？但願不會，我不想和他們「同流合污」！我向前走，瞥見一些清道夫拿着掃帚呆呆的望着我，一些有禮的向我微笑。

每回看見善意的臉孔，我便敷衍點頭，快步走開。

「麥高飛！」一個身材魁梧的清道夫突然從牆邊跳出來，在路中央張開雙臂，雀躍之情溢於言表：「歡迎你啊！我們等你好久了！進來。」

我怔住，為何他知道我的名字？我不假思索的嚷道：「我不是麥什麼飛，對不起，你搞錯了。」說罷閃身竄了過去，直向前奔跑，那魁梧的清道夫在背後大嚷：「如果你遇到像你一樣的清道夫叫麥高飛，請他來這裏！拜託！」

這裏個個都是醜八怪，我將來就是這樣嗎？我要活在這裏嗎？我不喜歡這裏，怎麼偏偏個個都認識我找我？這個水道，討厭極了。

2

不知道跑了多久，我直跑到隧道的盡頭，那裏有一扇門，寫着「出口」。只要推開這門，就可以離開，我暗忖。

正要推門而出，赫然發現淑翩不見了。我剛才生她的氣，但現在手壓在門上，要是用力一推，便孑然一身，獨個兒在外闖蕩。

料不到，本來四子同行，如今只剩下我孤單一個。

自離開學堂，我和淑翩便在一起，共同經歷了許多，即使在危急關頭，也未曾分開，現在卻在這鬼地方失散了。我不能失去淑翩，我獨個兒怎樣走下去呢？

淑翩在哪裏？她可能還在嘔吐，我為什麼沒好好照顧她？我怎麼會把她撇下？環顧四周，我不禁自怨自疚起來。

有淑翩作伴當然好，但如果她在，又會説三道四，慫恿我履行什麼天職。現在難得耳根清靜，況且我真的不想醜下去，到時個個怕了我，連阿簡也會不要我這個朋友。

對，我要找阿簡，趁現在樣子還可以，去找新朋友！

我狠下心腸，正要推門，驀然一把聲音由遠而近，一個單眼士兵高聲問：「請問你是麥高飛嗎？」

「不。」我保持鎮靜，矢口否認。

單眼士兵停在我身旁，說：「那麼，你可有看見一個身形跟你差不多的清道夫走過？」

我顧左顧右，聳聳肩。

「如果你見到他，請告訴他，有個女孩在找他。」他邊走邊說。

「嗯。」我呆在出口處，望着他的背影遠去，猶豫。「噢，等一等！」

單眼士兵回頭。

「請問……那女孩叫什麼名字？」

「淑翩，劉淑翩。」

「那她好嗎？要不要我……也幫忙找麥高飛？」

士兵眉頭輕輕皺着，答道：「她還好，想見麥高飛一面，我們正四處找他。」

淑翩平安，我放下心頭大石。

不一會，另一個士兵走近，戰戰兢兢的問：「請問你認識劉淑翩？」

「啊，不。」

「對不起，打擾了。」

唉，我抱頭，真該死，又撒謊！我無法理解自己剛才的反應，正盤算該不該追上去，另一把聲音又響起：「不好意思，你是麥高飛嗎？」

「才不。」

我奪門而出，沿着大道衝向城門大閘處，李科濟為我開門，留下一句：「元帥，這麼快就出來？」

「嗯。」我含糊的帶過去。

「習慣嗎？」

「真的有點髒。」

「慢慢就習慣，這是清道夫培訓中心。」

「我遲些再來。」

「嗯，你的朋友沒一起出來？」

「啊，她留在『垃圾堡壘』想多了解了解。」說到「垃圾堡壘」，我壓低嗓門半掩嘴。

「這不是什麼『垃圾堡壘』，這是『過濾驛站』。」李科濟更正我，眉頭皺了皺，一臉認真。

我管它**過濾堡壘**還是垃圾驛站，無論如何，踏出這門以後，再不回頭就是。

我在路上漫無目的地躑躅，該往哪裏去呢？走了半天，天色灰濛濛的，叢林那邊好像鬼影幢幢，叫我生怕。這時一頭田鼠竄過，草堆「沙」的一聲，嚇得我整個跳起來。內心驀然升起一股孤獨感和懼怕，這種感覺很陌生，是離開學堂以後從沒有過的。

正當前路茫茫，不遠處竟徐徐飄下一張降落傘，定睛眺望，原來是阿簡！

我驚喜萬分，這彷彿是從天上來的禮物。蒼茫孤寂的旅途遇見故知，就像在沙漠看到綠洲，我一個箭步衝上前去。

「阿簡，你終於來了！」我熱情地走近，正要扶起跌坐地上的阿簡，阿簡卻一個轉身站起來，盯着我，一臉愕然，接着後退幾步，離我老遠。他東張西望，納悶的說：「這裏是……」看來他才剛落地，一時無法理清身在何處。

「你到哪裏去？我還以為你們出了意外，怎樣，信物找到了沒有？」我不忙迭問。

「啊！是，信物……」阿簡神情恍惚，支支吾吾，「唉，丟了。淑翩呢？」

「別提她。」阿簡身上沾了沙石，我正打算替他清理，他卻伸手攔住我，自己往身上胡亂拍幾下了事，令我有點兒尷尬。

「嗯，寶珊呢？」我問。

「高飛，是你嗎？我在這裏！」聲音來自降落傘，傘下

有掙扎聲 —— 傘衣蓋住了寶珊。

我掀開降落傘，只見寶珊孱弱的躺在地上，喘着氣，原本紅潤的膚色，變成暗紫。

「寶珊，你還好嗎？」我扶起她。

「工作過勞吧！」

我見她連站起來的力氣也沒有，就把她揹起來。

「謝謝你，高飛。」寶珊見我汗流浹背，向我吹口氣，我精神多了。

「阿簡，你打算去哪兒？我們一道去探險，好嗎？」我靠近阿簡，興致勃勃的發出邀請。

「一起去……探……險？」阿簡的臉色很難看。

「你沒事吧？」

「啊，不……」阿簡強顏歡笑，頓了頓，神情瞬間又起了變化。「高飛，你呢？你想往哪兒去？」

又來這一套？「我剛從那兒過來，」我指向後方：「不如我們往前走吧！」

阿簡想了一想，說：「我倒想到那邊看看。」

果然跟在篩選堤壩時一樣！

我猶豫，真的不想回去那個垃圾堡壘。

「高飛，你可以等我一會嗎？我馬上回來。」沒待我回答，阿簡逕自離開。

阿簡的行蹤捉摸不定，令我十分困惑，總覺得他有些古怪。這次他的口吻跟上趟離開時一模一樣，令我懷疑他又會爽約。我心裏泛起一陣失落，惆悵地低頭，站在路邊。

「你儘快回來，那不是好地方，滿是垃圾，叫『過濾驛站』！」我提醒阿簡。

阿簡正往前衝，一聽見我的話，怔住，回頭，驚恐不安的說：「高飛，我還是想和你一塊兒走！」神色有點慌張。

「真的嗎？那太好了，我們一起走吧！」我雀躍不已，阿簡真夠朋友！看，他是個守約的真朋友，我真是個疑心鬼，剛才幾乎誤會了他。

「麥高飛元帥，你旁邊是誰？」背後傳來李科濟的喊聲。

我回頭，李科濟站在老遠的斜坡上觀望。

「他們是我的好朋友，我的好兄弟姊妹。」我托托背後的寶珊，才發現她睡着了。

「真的？」

「當然，我們要去冒險！」

經過攤在地上的降落傘，我有股衝動想把它捲起來，讓身體吸收，但一想起阿簡的訓誡，就把衝動壓了下去。

「高飛，我們快走。」阿簡催促我上路。

◆ ◆ ◆

「阿簡，你怎麼樣了？身體一直在發抖。」上路不久，我就發覺有點不對勁。

「啊！不，」阿簡支吾以對：「這裏有點陰森和冷。」

「哈，我還以為你害怕我的樣子，唬——可怕嗎？」我扮了個鬼臉，張牙舞爪，像要吃噬獵物的老虎。

料不到阿簡像給電殛似的飛彈開去，眼睛瞪得大大的。

「噢，對不起！跟你開玩笑罷了。」

「請別開這樣的玩笑。」阿簡心情不大好。

我們並肩行在林蔭小路上，阿簡不斷往後窺望。

「你怎麼了？對過濾驛站念念不忘？」

「高飛，你剛才去過驛站？」聲音顫抖，像沒調好頻道的收音機。

「是呀，那真是個可怕的地方，簡直像……垃圾堆填區，臭氣沖天，該叫做垃圾堡壘才對！」

「淑翩留在那裏？」

「唉，對。」我支吾，不想讓阿簡知道我撇下朋友不顧而去。

「那你沒遇上什麼清道夫嗎？」

「倒不少，他們好高大，但都比我醜，在那裏我是美男子……怎樣，問長問短，你好像很感興趣。」

「才不！」

「國家應該有不只一座垃圾清理站，下次遇上再帶你去見識見識！」此時，我留意到阿簡左邊臉上的瘡疤，漸見擴大，含着膿泡。「你臉上的膿瘡痛嗎？」

「沒什麼。」阿簡把帽子往下拉，還嚴厲的斥喝：「別再看了。」

我猜阿簡也會像我一樣，介意其他同胞看自己的瘡疤，就安慰他：「比起我身上的疙瘩，你那些只是很小事，別介意，堂堂正正露出真面目呀！」

「我 —— 叫 —— 你 —— 別 —— 理 —— 它！」阿簡氣鼓鼓的樣子。

我怔住，料不到阿簡的反應這麼大，弄得氣氛很僵。

叢林旁邊有一所公廁。

「高飛，我想去方便方便。」

「我待在這兒等你！」我示意在廁所門前的石墩兒等他。

寶珊臉色不好，像病倒了，她一直靠在我背上打鼻鼾。

過了許久。

「呼嚕……呼嚕……」除了寶珊的鼻息，四周寂靜得可怕，我有不祥的預感，像有什麼風暴正在醞釀。

怎麼阿簡去了那麼久？我在廁所外徘徊，有點不安，內心的猜疑又跑出來 —— 難道他出了意外，昏迷了？還是……乘機……我終於按捺不住。

「阿簡，你還好嗎？」我在廁所外面高聲叫喊。

喊聲像投進海中的石頭，沒有回應。

「阿簡，你在裏面嗎？」我走進廁所，聲音在室內迴盪，鑽進每個角落，卻落空了。

四周空蕩蕩，我的心冷了半截，憂慮和疑惑是團蔓延的火，催迫我往一排排的廁格探索。

「阿簡，你在嗎？」我逐一敲門，然後推開門，裏面空空的。「砰 —— 」門觸及牆壁，餘力未消，反彈回來，關上。

敲門，推開，門重複着「砰」的一聲關上，仍是空洞的回應。

來到最後一格。

「阿簡，你在嗎？」用力一推。

門給反鎖，我心裏一怔，阿簡出了事？

「阿簡，阿簡！」我用力拍門，發出「龐龐」巨響。

依然沒有回應。

「我要進來了！」我吸口氣，使勁往前撞去。門抵不住碰擊，砰然撞到牆上。除了受驚後仍在顫抖的門鎖，死寂一片。

馬桶給蓋上，上面有鞋印，仍是濕漉漉的，看來是剛留下的。我認得這雙腳印——它們來自阿簡！

目光往上移，但見牆上的氣窗給撬開了，引進「呼呼」涼風。窗緣沾了鞋印，水漬正沿着牆壁淌下，還滲着血水和膿液，一定是阿簡臉上的膿包在鑽過氣窗時給弄破了。

阿簡不見了——他竄進廁所，踏上馬桶，爬氣窗逃走。

3

我馬上走出廁所，來到氣窗的另一邊。那處雜草叢生，樹木參天，根深葉茂，只讓零散的光線鬼鬼祟祟地透進來。

氣窗下面，濕滑的泥地上陷着一對鞋印，一步步躡進森林。

我望着腳印，大惑不解。阿簡為什麼要偷偷撇下我們？是不是嫌棄我太醜？抑或，像淑翩説的，他怕我揭穿他的祕密，威脅他的安全？

濃濃的鬱悶襲來，團團問號糾纏不清，我突然覺得自己給好友出賣了。淑翩走失，阿簡也不願意留下，世上只有我和昏睡的寶珊，好寂寞。我蹲下來，沮喪得很。

「達達、達達……嘶！」馬蹄聲在我身後戛然停下，我感到抖動的肩膊給穩重地拍了幾下。

「高飛元帥，你怎麼了？」

是李科濟，他策騎駿馬而來。他把馬拴在樹幹上，蹄聲在旁「達達」作響。

「你還好嗎？剛才我在驛站站崗，聽到隆然巨響，以為發生了什麼事。」科濟憂心忡忡，目光到處掃射，手按在腰間的劍把上，嚴陣以待。

「科濟，我的朋友……離開了我……阿簡走了。」我傷心斷腸，指一指地上的足印。

科濟聞言，檢查氣窗，又蹲下端詳，拈起鞋印上的泥土，忽然整個身子繃緊起來，馬上戒備。

他一聲不響，輕輕抽出腰間的長劍，如臨大敵，沿着腳印走進叢林，屏息凝氣，視察良久，用劍撥弄草叢荊棘，見沒有動靜，便拐回來，衝進廁所，看着廁板上的鞋印、血跡和膿液，瞪圓了眼。

氣氛一下子緊張起來，我走近看個究竟。他擦拭額上的汗，用劍尖指着馬桶，問：「那是你朋友阿簡留下的？」

我不知所措，只緩緩點頭。

「天！」科濟不住搖頭，流露難以置信的神色，道：「高飛元帥，你受騙了。你知道他是誰？他是個叛徒、逃兵！你竟和他交朋友，還讓他跑掉！」

叛徒？淑翩也曾這樣提醒我。

我琢磨着李科濟的話，辯駁：「不，他是我朋友，我們在學堂裏認識，他姓簡，叫**簡新**，不是什麼叛徒！」我振振有詞，要替阿簡討回公道。

「不，」李科濟伸手攔住我，「他身材瘦削，對不？」

我點點頭。

「他是雙眼細胞，從不脱下帽子露出廬山真面，對不？」

對，阿簡總以鴨舌帽遮蓋半張臉，從不「露面」。

「他臉上有膿包？」

我點頭，用指頭比劃着膿包的大小。

「糟糕，已潰瘍到這麼大了！」科濟走進廁格，嗅了嗅，「真的是他，他的氣味我不會忘記。」

「科濟，到底發生什麼事？」從科濟緊張的神色，我知道事態嚴重。

「你剛才在他身邊那麼久，難道沒有套取他的底蘊？」

「什麼？套取他的什麼？」

「你在過濾驛站時，沒見過鄧智寶嗎？他沒教你？」

「誰是**鄧智寶**？」

「那個高大威武的清道夫。」

高大威武？難道就是那些醜陋兇惡的清道夫？

李科濟看出我的疑惑，明白過來。「你到底在堡壘裏做了什麼？難怪你一下子就出來了。」他語帶責備，但馬上又雙手一拱，賠個不是：「請恕我無禮。」

「對不起。我……不知道要去見那醜八怪……清道夫。」

「高飛元帥，你不可以這樣說，他是我們的將領。天！現在我無法向你解釋清楚，事不宜遲，我們回驛站再談，得馬上找回阿簡。」科濟轉身起行，躍上駿馬，再把我拉上馬，劍一揮，切斷拴着馬的繩，馬兒即往前飛奔。

「不追蹤阿簡嗎？」

「單憑我倆，是無法找回那狡猾的傢伙的，我們要從詳計議，免得白跑。」

路上，我不住回望，以伶俐的雙眼去探索任何風吹草動，但一切毫無異樣。

空中飄着飛絮和蒲公英，科濟一手拉着馬，一手伸直去沾飛絮，卻沒有發現。

「唉，又給他跑掉，豈有此理！」科濟神情焦躁。

「都是我不好。」空氣繃緊，我知道闖下大禍。

「高飛元帥，我沒怪你，只是天大地廣，要找一隻狡詐的狐狸，談何容易？相信他已匿藏起來，看他臉上的潰瘍，這叛徒已開始腐化，力量也漸提升，要走，已走得好遠。」

我琢磨發生了什麼事，阿簡真是害羣之馬？怎麼我那麼笨？淑翩曾提醒我要小心，她說得對。「那……怎麼辦呢？」

「他敢再來，不給我們分屍——」李科濟滿腔激憤，長劍出鞘，劍影在半空揮劃。科濟一邊策馬衝進堡壘，一邊納悶的說：「你背上的小姐，沒事吧？」

「是累透了，之前阿簡帶住她，不知去過哪裏？」

「又是他幹的好事！難怪！」

「請問……」守衛的聲音跟垃圾的異味一起傳來。

「這位是麥高飛元帥，我們要馬上見鄧智寶。」我們從馬背躍下。

「麥高飛？是麥高飛！」那士兵很雀躍，「淑翩和智寶在診療室，他們等你好久，來！」

「淑翩為什麼……」科濟緊張的問。

「可能不太適應堡壘的環境吧，剛才她在水道旁嘔吐大作，昏了過去，我們把她送到診療室。她只是有點缺水，已沒大礙。」士兵在前面走得很快，一邊催促說：「她一醒來，就找麥元帥，你們大概是好朋友吧！」

元帥前元帥後，我受之有愧，對科濟和那士兵說：「別拘禮，叫我高飛。」

我跟在後頭，氣吁吁的跑得好快，腳下那些垃圾和臭味，倒不覺得怎樣。

4

到了診療室，只見淑翩坐在牀邊，正和一名魁梧的清道夫聊天。清道夫穿上盔甲，煞是英偉。

淑翩雖然有點累，眼睛卻閃着光芒。

「淑翩，看誰來了？」士兵還未踏進診療室，聲音已響徹空氣中。

「高飛！」淑翩一看見我，馬上跑過來。

我在門口站住，心卜通卜通的跳，說不出話來。

「高飛，你怎麼了？」淑翩走近問，撫着我肩膀。

我低頭，不敢仰臉直視她。

「高飛，你去了哪裏？我好擔心你。」

「對不起，淑翩。」

「你平安回來就好了，我們正擔心你迷路或昏倒。」淑翩熱淚盈眶，我的頭垂得更低，沒有面目見她。

「受傷了嗎？讓我看看，沒事吧？」

淑翩關心的凝望我，令我更慚愧，像犯了錯的小孩惶恐的問：「淑翩，你不怪我嗎？」

「當然不！我剛才昏去，幸好鄧智寶救了我。」淑翩指一下那魁梧的清道夫，我才發現鄧智寶正神色凝重的聽李科濟報告，相信是關於阿簡的事。

「是我不好，我不該撇下你！」

「別再自責，過去的事算了吧，我現在不是很好嗎？」

「其實，淑翩是給我嚇昏了！哈哈！」鄧智寶回頭笑說。

「高飛，沒他，我早給垃圾活埋。」淑翩噗哧一笑。

我犯了錯，他們不但沒有責怪，還肯接納我，我感到無地自容，不禁哭了起來。

「傻小孩。」鄧智寶蹲下來，撫着我的頭，「只要你回來就好，我們在這裏等你好久，你的師兄們都在這裏，他們也擔心你。一定是這裏太髒，嚇壞了你。」

他遞上一杯熱茶，帶我坐下，又把酣睡的寶珊放到牀上。「這種堡壘遍布各處，肩負抵禦外敵的工作，也是垃圾收集站，環境比較差，所以更需要清道夫。」

淑翩安慰我：「高飛，除了清道夫的天職，你還有其他本領。智寶原來是你的大師兄，你跟他一樣，有顆善良的心，且是壞蛋的剋星！」

「對，你跟我們屬同一個團隊。」科濟插嘴。

我拭乾眼淚，說：「真的？我不是清道夫嗎？」

鄧智寶對我笑了笑，威風凜凜的點頭說：「呵呵，在你還小時，清理垃圾是你主要的職務，長大後變髒變醜，但能力也會大增，就不再停留在清道夫的角色。高飛，你的能力不止於此。」

不止於此？我盯着鄧智寶，好生疑惑。

他張開臂膀，像在展示什麼，他的模樣、他黏黏的身體，都散發着威武的元帥風采，難道我也和他一樣？

「高飛，你是元帥。」科濟告訴我。

淑翩望着酣睡的寶珊，問：「高飛，你怎找到寶珊……」

「我才剛走出堡壘，便遇上阿簡。」我把事情的始末娓娓道來。

鄧智寶「唉」的一聲，目光移往窗外，回憶當天的情景。「不久前的黃昏，一個左臉有膿瘡的細胞來到這驛站。」

科濟補充：「不同地方都有過濾堡壘，細胞經過都要接受檢測，看是否『非我』族類。就是說，如果他們是敗壞分子，帶有異常質地，就會被清道夫檢出、清除。」

鄧智寶接續說：「綜合調查報告和目擊者所述，他進入驛站後，為了不被認出，先在污水中打滾，讓自己沾上黏稠稠的油污，再披上破布，把帽子戴向右邊，故意外露傷口，令我們以為那是疙瘩。那傢伙善於掩飾，非常狡猾，他佯裝清道夫，站在溝渠邊掃垃圾。每掃一回，就移向出口一步，就這樣瞞天過海，到了堡壘的出口，但城門大閘處有守衛，他總不能貿然離開，於是他靜靜等待時機。這時，一個清道夫上前檢查，那可惡的傢伙把披布拋向他，使勁把他推下水道，令他被水沖走，自己則一躍而出。」

科濟說：「當時我守在大閘處，剛好打開城門，那傢伙匆匆跑來，雖然天色有點暗，但我還是清楚看到他臉上的潰瘍。我也真是，竟沒加快關上城門，他一側身溜走後，我便看見堡壘衝出幾個清道夫，大喝：『抓他！抓他！』但那時他已竄出城門遠去了，並在附近一帶的山脈之間急速逃竄。」

「科濟率領一隊士兵策馬狂追，卻在山頂一帶被他逃脫。那個黃昏，飛絮滿天，但始終找不到他。」鄧智寶慨歎。

「那傢伙……就是阿簡？」淑翩嚥口水。

「從容貌辨識，的確是他；剛才在公廁裏留下的氣味和腳印，也屬於他，錯不了。」科濟説得肯定。

鄧智寶點頭表示同意：「關於辨識外敵，相信科濟吧，他擅於記錄『非我』族類和病菌的特性，過目不忘。」説着眼神閃過憂慮，眉頭緊皺的望向寶珊，「阿簡利用寶珊壯大自己，當寶珊體力耗盡，失去利用價值時，就棄掉她。阿簡是邪惡的化身，絕不可留在國家裏。」

阿簡逃出過濾驛站後，跟我們在篩選堤壩相遇。

我的心揪緊，我竟然遇上壞分子，還認賊作友。

淑翩目光幽幽的望着寶珊，説：「可憐的寶珊，被阿簡利用，元氣大傷，她一定累透了。」

「現在，」鄧智寶向着我，像有什麼重大任務要交託，「只有你，才有能力對付他。」

「我才不怕他，阿簡每次見到我時鬼祟得很，很怕我！」

「現在情況或許不同了，」科濟糾正我，「之前阿簡力量有限，忌你三分，就逃避你。」

「難怪阿簡一直懼怕你發揮天賦。」淑翩説。

「還挑撥我和淑翩的感情，分散抗敵能力！」我咬牙切齒。

「在抵禦外敵上，你和淑翩很多時要互相照應，互補不足，所以阿簡使出離間計。這傢伙，工於心計！從氣味、傷口腐爛程度和力量評估，阿簡已愈加敗壞頑劣，能力增強了不少。這時他定會壯大力量，很難對付。」鄧智寶説。

「國家有千億同胞捍衛，我不相信就鬥不過一個阿簡。」疑團像濃霧散去，我氣上心頭，鄧智寶按住我肩膀，提醒我：「現在集我們的力量，或許還可致勝，遲些就不肯定了。任何邪惡若不在開始時處理掉，一旦讓它滋長，我們付出的代價會很大。」

「好，我們一起捉拿他！」我將手按着桌上的彎刀，以表決心。阿簡是我放走的，就是追到天涯海角，我也要找出這壞蛋，將功贖罪。

「阿簡一步步敗壞下去，最終會力量無窮，不受控的自我分裂繁殖，由一個阿簡，瞬間變成千億個阿簡，成為國家的毒瘤，有能力征服所有族羣，統治土地，這將是末日。到時，即使集合我們全體上下的力量，也無法應付。」鄧智寶進一步解釋。

一滴冰水自頸項沿着我的背脊流到腳踝。

「我真該死！跟惡魔咫尺相對，竟讓他溜掉！」我揮拳。

淑翩鼓勵我：「我們努力面前，一同抗敵！」

科濟拍拍我的肩膀，安慰我：「把握時間，高飛，你是元帥，我們是劊子手，你的責任是消化外敵留下的證據，化成玉珠，幫一眾單眼士兵辨識敵軍，再殺他一個片甲不留！請元帥下令！」

科濟正要下跪，卻給我按住，我忙說：「別這樣。智寶師兄，我該怎做？」

鄧智寶堅定地望着我，說：「用你的才幹，及早擒獲阿簡。你想想，你和阿簡有沒有肢體接觸，譬如握手？」

我回想和阿簡相遇、近距離同行的時候，彼此都沒有接觸；每次我想碰他，他都避開。我絞盡腦汁也想不出來。

「有沒有不小心碰撞了？」

我回憶每個片段——先是篩選堤壩，然後幽靈鬥士村，剛才在路上……每次阿簡都迴避與我接觸，還一次又一次設計離開我，好幾次我打算扶他，他都推搪過去。

「這傢伙好厲害，絲毫沒露出馬腳，從不讓我們抓到把柄！」科濟有點沮喪，「你再仔細想，這是追捕他的關鍵。」

「有沒有拍打他，如打招呼之類？」智寶引導我。

這時，我猛然想起：「對了，在幽靈鬥士村，我曾在阿簡背後拍他，他嚇得整個跳起來，還警告我以後不得碰他。」

「不得碰他，心有鬼！」淑翩憤慨，視阿簡為不共戴天的仇敵。

「好了，你碰他的是這隻手嗎？」智寶眼睛發亮，捉住我的手，仔細檢查，掌心處果然有個小污點。「來，讓我教你如何在與敵人埋身接觸後，從對方身上取得『邪惡之珠』，好作還擊。這珠藏有敵軍的密碼，我們可藉此辨認外敵，展開追捕。不過，你還是初哥，不曉得能否掌握，但可以試試。」智寶循循善誘，一步步傳授。

「先閉上眼睛，集中注意力在手掌上，深呼吸……」

我既緊張又興奮，集中意志。

「運用丹田，讓體內的真氣把阿簡留下的印記吸進體內，消化，再轉化……慢慢來，再試一下……」

「不行！我不會！」努力試了許多次，就是無法把掌心的污印吸進身體。我苦着臉。

「只有設法把這污印吸進體內，我們才可調兵遣將，追捕阿簡。你努力呀！」李科濟很着緊。

我洩氣的跌坐地上。

淑翩在旁為我打氣：「高飛，你行的。上天給你這身本領，你一定可以做到。」

鄧智寶繼續指導：「站起來，再試一次，你會成功的。先運氣，對，再運勁⋯⋯用力。你看，印記慢慢消退⋯⋯非常好！再多用一分丹田，是這裏，感受到我壓在你肚皮上的力度嗎？吸氣，好了，污印已完全消失，是不是感到胸口滾燙？這是正常的，現在用內勁將滾燙的球移到胃裏去。慢慢將它往上推⋯⋯對了，像牛反芻一樣。它已化成一顆珍珠來到喉嚨。對不對？好，把它吐出來。」

這到底是什麼伎倆？掌心的污點化作熱球，經過手臂和胸膛，在胃裏攪動、翻騰，抑止不住要湧出來，在口腔處打轉。

「呸，好苦！」我皺着眉頭，眼皮綳緊，馬上把圓圓的珠子吐在掌心上，是一團又黑又黏膩的東西。

料不到我有如斯本領，可以把沾在身上的印記，化作一顆珠子。李科濟目睹我手上的黑珠，手按腰劍，屈膝地上，俯首揚聲：「凡手握邪惡之珠的，就是我們的元帥。你一聲令下，我軍必鞠躬盡瘁，殲滅叛徒。」

我愕然，大惑不解，手中的黑珠為何有這股威力？

科濟看出我的疑惑，躬身道：「只要擊破邪惡之珠，就能釋出飛絮，飛絮傳音，我軍在千里之外便可憑密碼追蹤敵人。趁阿簡未及走遠，請元帥從速發令！」

啊，原來殺敵的玄機在此！

我望智寶一眼，他點頭，示意我拿起彎刀，到窗邊去。

事不宜遲，我發號施令，稱這次剿敵任務為「戈壁行動」，就拋起邪惡之珠，揮刀擊破。

「嘭！」珠子在半空碎裂，釋出漫天飛絮，隨風四散……

5

我、淑翩、鄧智寶和李科濟，在窗櫺前伸出手指，探測遠方的消息。

「戈壁行動」展開至今已有一陣子，但仍沒有剿敵的風聲。

「奇怪，如果我軍發現阿簡，追捕時一定會捎來消息。」科濟摸不着頭腦。

「阿簡像被蒸發掉似的，他躲在哪？」淑翩焦急。

「這是什麼地方？你們幹什麼呀？」寶珊休息後，逐漸清醒過來，臉色仍然不好，紅一塊藍一塊，失去當初的氣燄。我開始懷念臉色紅潤、中氣十足的刁蠻公主。

「寶珊，你好好躺着，別四處活動。」淑翩提醒她，「要不你會變成藍精靈。」

「阿簡呢？怎麼不見他？」

「我們也想找他。」

「發生了意外？」

「阿簡是壞蛋，我們正要找他算帳！」我晦氣。

「什麼壞蛋好蛋，你們幹嘛搞分化？」

「原來阿簡是壞分子，想謀朝篡位，摧毀國家，我們正在追捕他。」淑翩把事情的來龍去脈告訴寶珊。

「我才不管！只要阿簡需要我，我願意為他效勞。國家裏的同胞不都是一家親嗎？誰有需要，我就幫誰。」

淑翩按住我，示意我別跟寶珊理論，我才想起她這族羣是無法分辨善惡的，她們的天職就是不分青紅皂白，一味輸送氧氣給有需要的同胞。

「噓，有了有了！」鄧智寶在窗邊高呼。

我們一窩蜂湧到窗前，往空中伸出手指。

一絲飛絮輕柔柔的停在科濟的指尖，融化了，科濟聚精會神解讀信息。

「是**磯里山脈**傳來的，發現阿簡蹤影！」他高聲説。

「磯里山脈？」淑翩問。

鄧智寶托住腮，想了一會説：「磯里山脈地勢險要，恍如迷宮，山脈之間由無數繩索吊橋相連，千絲萬縷。在那裏阿簡易於隱藏，凝聚勢力。」

我心裏感到一陣催迫，有給我的消息嗎？怎麼飛絮不停下來，告訴我任務？

這時一根飛絮黏在指頭上，我將臉湊近看，不消一會，飛絮便像清晨的露水般消失了。

我的腦袋像連接上什麼似的，浮現大小明暗的密碼，卻弄不清楚。

科濟又收到消息，磯里山脈向我們招兵！

這時腦中的密碼串成信息，破解了 —— 阿簡正往龍源方向移動。

「龍源？」智寶瞪眼望我，眼神流露驚恐和擔憂。

我嚥下口水，肯定的點頭。

天氣晴朗，湛藍天空的盡頭出現了幾片黑壓壓的烏雲。

「浮雲蔽白日，黑暗將會降臨。從阿簡快速的移動路線看，他的力量正在增加，準備要摧毀國土，企圖獨霸天下。」鄧智寶望向遠處，深吸口氣，把抖動的聲音壓下去，「事不宜遲，科濟，立刻行動。」

我打個哆嗦，不敢想下去，只抖擻精神，建議：「我們先去磯里山脈，圍剿阿簡，保護龍源！」

當說出「龍源」時，我清楚感到一陣火熱，像有什麼敲在心上，發出「愛這地方，要保護它」的迴響。在緊急關頭，我的心和這地方產生共振，有強烈的聯繫。我很難說明這感受，它非常主觀，卻那麼真實。

然後，心底處突然發出一聲 he ne ni。

這共生共存的感覺，就是那神祕的——he ne ni！自出生起，我彷彿註定屬於龍源。有它，就有我，我被造，就是為了它。

「科濟，該怎去磯里山脈？」我把桌上的彎刀套在腰間，轉身問。

「呵呵。」鄧智寶看着我緊張的模樣，笑了。

我疑惑。

「高飛，看你緊張的樣子，我知道你已經更了解自己，長大了，也堅強了。」

「為了龍源，我會奮戰到底！」

寶珊在旁開懷高叫：「真的去龍源嗎？好呀，我也去！那也是我的 he ne ni。」

「是你『現在』的 he ne ni。」鄧智寶強調「現在」兩個字。「高飛，你必須帶寶珊去龍源。她之前虛耗過度，在龍源她才能回復體力，再上征途。」

寶珊眨眨眼，點頭：「嗯，我的字典裏沒有好壞之分，也沒有安身之處，我四處為家，所以四海之內皆兄弟，天下凡有需要的同胞，都是我的 he ne ni。」

淑翩嫣然一笑：「真博愛。」

造物主真奇妙，惟有這樣，紅血球才能不辭勞苦地為所有同胞服務。我說：「也好，有你可以隨時補充能量。」

我、寶珊、科濟和淑翩收拾行裝，準備出發。

臨離開驛站，我看見水道旁滿地垃圾，一個個清道夫專注的打掃，我不再感到厭惡，倒覺得這很有意思。污濁的支流匯成大水道，水裏的垢物被一掃而空，河水回復清澈。

我順便把一堆垃圾吸進體內。

「高飛，你不怕做醜八怪嗎？」淑翩試探的問。

「我得天獨厚，怎可糟蹋？貌醜是我的標記，愈醜本領愈強，愈顯出創造者的心意。這哪是醜，是美！」

寶珊獃獃的望着我，眼神流露欣賞，說：「高飛，你變了，變得更好！」

打開門，科濟先行前往取馬，智寶和我們站到山頭，極目望向平原，他語重心長地對我們說：「高飛、淑翩，你們要面對的挑戰可不少，你們互不相同，各有弱點，要同心協力才能對付邪惡勢力。三眼細胞在前線抗敵，巨噬細胞在陣中運籌帷幄，相輔相成，是註定的一對。你們要打美好的仗，否則國家就會淪陷，我在這裏等你們的好消息。」

他握着我手，另一手掌壓在我肩膀上，像給我肯定：「高飛，容貌令我們很受委屈，信心容易薄弱，但忠於造物者給你的託付，相信祂的恩賜，你便不會行差踏錯，也就能找到你的家，實現你的 he ne ni。認識自己的軟弱，接受它，才會變得更堅強。」

陽光普照，我的心也湧起莫名的溫暖。

背後突然傳來一陣急促的馬蹄聲，愈跑愈近，我轉身，劈頭聽見一把聲音：「高飛，快上來！還有淑翩、寶珊！」我們未及反應，已給一手抱起，一屁股跌坐到馬鞍上，胯下感到馬力強勁。

在我們仨背後操着韁繩的，正是李科濟。他換了一身戰衣，雄赳赳氣昂昂的。馬匹後還有一隊軍馬，行色匆匆，戰爭的氛圍正濃。

科濟一面控制馬嚼子，一面連連向馬抽鞭，呼喝着馬兒加速前進。馬的步幅大，四蹄蹬踏強勁有力，一會兒便拐到堡壘的另一邊，迎風疾馳。

「我們去磯里山脈，要攀上這樣高的山，還要經過一大片盆地，沒有我這些天馬，三天三夜也走不出去……小心，穩住身子！」科濟大喝一聲，拽緊馬韁繩，再用力一扔，馬的步伐急轉前奔，不遠處卻是懸崖。

「小心墮崖！」淑翩和寶珊驚惶大叫。

接近崖壁時，馬匹挺起前肢，身軀兩側旋即伸出翅膀，上下搧動，四蹄踏空，凌空飛騰。

我們越過懸崖，向高空攀升，四周雲霧漸漸靠攏。

「喔呀！不！我畏高！」寶珊緊閉雙眼，死命抱着前面淑翩的腰。馬匹不顛不晃，下面的草原漸漸縮小。軍馬在半空排成一列，朝磯里山脈飛去，頃刻青葱的山巒已在眼前。

後面一列天馬也浩浩蕩蕩的跟着我們，向不知名的山巒飛去……

我伸出手指，接收遠方的情報。

「兄弟，上！」科濟一聲令下，舉起胳膊，挺直右手，在空中畫了個圓圈，通知後隨軍隊如何部署。本是一字排開的隊形，馬上分成三截，兵分三路，往左、中、右三方分道揚鑣，揚長而去。

馬匹徐徐降落，穿過霧海，視野豁然開朗。眼前出現一個平台，四周都是圍牆和小徑，這就是磯里山脈。

日已西斜，夕陽把圍牆染成橘紅色，更添詭譎。

7　命懸一線　死裏逃生

我必須堅持，不可鬆懈，龍源等着我！可惡的阿簡，絕不可以放過他！同袍們，因為你們的犧牲，我會更努力！就這樣一路勉勵自己、催逼自己，我忘記割破了的雙手，忘記疲憊、疼痛，忘記口渴……心中不斷盤旋着一個意念 —— 以最快的速度離開這裏。

1

天馬陸續降落地面，四周給揚起滾滾沙塵，一片迷離，又隨即兵分幾路深入森林盡處。

從情報得悉，阿簡正步步進迫繩索吊橋。

山徑很窄，左邊是懸崖，右邊是圍牆石壁，陡立的山壁幾乎垂直而下，與對面的山脈在深淵之下相接；一條彎曲的河流在山腳蜿蜒而過，壁上只見嶙峋巨石，和一叢叢枯黃的野草。

我站在山徑旁，倒抽口氣，往下看一眼，雙腿就發軟，彷彿隨時失去重心，跌下懸崖。

我們拐了一彎又一彎，仍未看見吊橋。太陽快下山了，天空瞬間只留下殘霞，雲也變成一團灰一團黑。

阿簡在哪裏呢？

這時，前面的轉角處，昏暗裏赫然有一絲動靜。

我把食指按在唇上，示意大家別作聲，又指向前方山徑靠崖的角落。只見那裏有八個小指頭正按在崖邊，似乎有什麼正從懸崖爬上來，空氣中滲着重重的危機感。

科濟用手肘碰碰我，打了個眼色示意——我從後面包抄，高飛，你留在這裏，保護她們。便加快步伐逕自沿小徑走去。

來者不善，才半秒，一個熟悉的身影已從崖壁翻上山徑，動作清脆利落，儼如一頭夜貓子，不動聲色準備偷襲。我背脊登時發毛，一陣陰冷從頭頂滲到腳跟，心裏暗忖：終於來了！

從他矯健的動作，我知道面前的敵人不易對付，我的心揪緊。

無論如何，必須走近他，重新取得密碼，再招兵買馬，才有得勝的把握。

阿簡機警地察看四周，似乎沒發現已被監視。

他快步往前，身輕如燕，才走了幾步，科濟在前方躍出，叱喝：「來者是誰？」長劍出鞘，迅雷不及掩耳地一撥，阿簡的帽子乖乖地套在劍尖上。阿簡半邊臉發紅發腫，腐爛非常。

「果然是你！」科濟瞅着那敗壞的面容，勃然道：「叛徒，快束手就擒！」

阿簡不屑地一笑，立時抽出山脈劍，一陣冷風自劍鞘竄出。一記「持劍彈跳」，躍過科濟頭頂，落在前方不遠處，隨即劍一揚，狠狠地往科濟的心臟刺去。科濟冷不防這極速偷襲，本能地劍一揮身一側，抵消了阿簡的進擊。

阿簡一掌推開科濟，他一個趔趄滾向圍牆，阿簡轉身向繩索吊橋奔去。

不可讓他逃脱！「叱呵！」我從後怒斥，快速拔出彎刀，躍高向阿簡力劈下去。

「兵！」阿簡回頭，以山脈劍橫擋彎刀。劍一抖，我抽回彎刀，往阿簡胸膛一刺，他反應極快，迅速往後彎腰，成一拱橋，刀鋒在他腰上撲個空。

我急旋身，右腿一蹬，要橫掃對方雙腳。阿簡及時躍起，向後一翻，避開我的「掃帚腿」，再雙手往地上一推，騰上半空，翻了一百八十度，在空中企立，懸浮在大氣之中。

阿簡雙手張開成「大鵬展翅」狀，凌空俯視，一雙眼滿是憤怒狠毒，左臉盡毀。他居高佔盡上風，我來不及盤算對策，胸膛猛地吃了一腳。

哎喲！劇痛傳遍全身，心臟像被踢到喉頭，頓時失去重心，在懸崖邊一個踉蹌，左腳踏空。哎呀——

「高——」淑翩驚喊，伸出手，秒間，我發狂亂抓，竟抓住淑翩的手，她手一拉，我借力縱身回到崖上。

寶珊嚇得呆若木雞，科濟倚着圍牆眼冒金星，我和淑翩在山徑上跌個東歪西倒。

阿簡望着我們，冷冷一笑，頭也不回的往前方竄逃。

阿簡步履飛快，把我們遠遠拋在後頭。

我一邊從後追趕，一邊運勁把留在胸前的腳印吸入體內，消化，再反芻。不多久，喉頭一顆珠子在打滾，好苦！好嗆！我眉頭緊皺，趕緊使勁一吐。

「呸！呸！呸！」我連吐了幾口苦水，才隱隱舒了口氣。珠子呈墨黑色，外表光滑脆弱。我立刻把珠子拋起，刀一揮，珠子釋出飛絮，千里報訊。雖然我們四個不是阿簡的對手，但我就不信召喚兵馬之後會敵不過他！

圍牆上多道隱蔽的門霍然打開了，但見許多騎士策馬而出。

我揹起寶珊，和淑翩各自跨上馬兒，軍隊的兵士都舉起鋒利的刀劍，在滾滾沙塵中，浩浩蕩蕩地前進。我和科濟在前方領軍，科濟抽出腰間利劍，直指天空，像一個強悍的戰士，誓要剿滅邪魔。

馬兒聲勢喧囂，一匹緊貼一匹，軍隊氣勢如虹，在山徑上奔馳，向阿簡的方向步步進迫。

料不到消滅一個阿簡，竟要勞師動眾，我暗地自責，想當初遭他妖言迷惑，放虎歸山，現在要付的代價巨大。

阿簡，今回看你往哪兒逃？你跑得再快，也無法與馬相比；再有本事，也不可能以寡敵眾，何況我們已掌握密碼，你插翼難飛！

「兄弟們，上！」我們像一大羣給惹怒的黃蜂，向前撲去。

「他在繩索吊橋那邊！」科濟叫嚷。

這時，兩排紅血球在吊橋上魚貫地走着，看見急趕而至的「同胞」，除了覺得他樣子古怪，並不察覺什麼，她們毫無戒備之心，還喜孜孜的給他送上氧氣，畢竟她們天生沒分辨敵我的能力。

阿簡發力往吊橋另一端衝去，沿途把紅血球一個個地往外推倒，活像一個保齡球撞擊球道上的瓶子。一些紅血球及時抓緊橋邊的繩索，一些卻跌下深淵。

看見叛徒冷酷無情，我氣上心頭，「兄弟們，我們去收拾他！」

阿簡在吊橋另一端煞住腳步，狡黠地回頭一望，側身從鞘中抽出劍來，他先向劍鋒吹一口氣，然後亂斬亂劈。劍身散出冷冷寒光，在夕陽殘照下如毒鉤索命。

橋的一半已給大隊軍兵佔據，喧囂非常。「嗯！」淑翩暗叫不妙，「高飛，回來，回來！」

我一路勇往直前，寶珊亦張惶失措的大嚷：「停！快停！」

大事不妙——

我本想拉緊馬韁，但一旦停下，後軍趕至，只會釀成互相踐踏的慘劇。

我別無選擇，惟有繼續向前，策馬衝去。我孤注一擲，使勁飛出彎刀。

「嗖！」彎刀像長了眼睛的箭，直刺對方。在吊橋另一邊的阿簡氣定神閒，把劍往左一揮，劍影掠過，彎刀像給一股磁力拖曳，「噹！」的一聲落下。

阿簡來回揮劍，「嘎巴 —— 嘎巴 —— 」好幾條繩索已給切斷。「嘎巴 —— 嘎巴 —— 」許多繩索也跟着折斷，吊橋再也負荷不了兵馬的重量，晃晃盪盪，快要塌垮，橋上一眾同胞一下子給拋下深淵。

吊橋搖搖欲墜，上面的軍隊、馬匹大大騷動。啊！只剩下三根繩拉扯着！

阿簡快步撿起我的彎刀，奸笑，「嘎巴 —— 」向繩索猛力一斬。好卑鄙的阿簡，竟用我的彎刀處治我的同袍！

最後幾根繩索也斷了，阿簡隨手把彎刀扔到崖下，就急急逃去。

我揹住寶珊，吩咐身旁的淑翩：「來，淑翩，抓緊我！」就放下馬韁，一把抓住淑翩，另一隻手緊纏着吊橋的繩索，好穩住自己……

橋往下掉，在半空畫了個弧形，無數馬匹、士兵從身旁掉下，個個帶着求救的眼神，耳邊盡是驚呼、哀鳴。要不是我緊緊的把繩索纏住手臂，也會跌個粉身碎骨。

眼前的景物在急促轉動。「蓬！」我的身體猛烈地撞向嶙峋的石壁，軀體劇痛，猶如骨骼遭敲碎，頭上碎石如雨下落，砸在身上。才一會，吊橋上又抖落了更多同胞。

呼吸還未喘定，繩索受風力影響，向山壁另一邊斜傾，我的手一滑，鬆開了，大家直往下墜……

2

「噗通！」我們掉進水裏。

「咳咳！」我在湍流中冒出頭來，嗆住了，背後也傳來咳嗽聲，是寶珊。

水流很急，嘩啦嘩啦如萬馬奔騰，又像躍動的舌頭，企圖舔走任何獵物。

淑翩呢？「不好了！」我跟寶珊順着水流，極力保持鎮定，用雙手搜索淑翩。

「咳咳！」淑翩吐出兩口水，高聲喊：「高飛！咕嚕……高飛！」

「不用怕，我在這。」看見惶恐的淑翩，我立即勾住她的臂彎，任由水流帶我們往前衝去。

該怎辦呢？我本想向岸邊游去，但無論如何也抵擋不住湍急的水流。我又企圖利用黏稠的身體，附在河中突起的礁石，但怪石的稜角恍如錐子刺向我，換來遍體鱗傷。畢竟石塊也長滿青苔，滑得很，哪能輕易黏住？

順着湍流，定會被沖離國土，我幾番掙扎，看準河中突出的石塊，奮力一蹬，終於離開湍流，往支流游去，但水流仍急，就是無法回到岸上。

這時淑翩大喊：「算了吧，高飛。這樣撞來撞去我們早晚會粉身碎骨，不如就讓河水帶着我們走吧！」聲音給滾滾河水掩去一半。

我緊緊握住淑翩，心想也是道理；腦中像攝錄機，一格格快速播放與淑翩一起共度患難的情景，我們的手不期然握得更牢。

活，要一起；死，也不分開。

黑暗中，我們胡亂地左閃右推，迴避擋路的石頭，也儘量遠離漩渦。我較健壯，眼力也好，遇上迎面而來的石塊，總是第一時間用身軀掩護淑翩和寶珊。在激流中碰碰撞撞，壓根兒無暇去想為何落得如斯田地。

不知過了多久，兩岸峭壁間透進光亮，天色開始發白。我們筋疲力盡，漸漸陷入半昏迷狀態，任由水流擺布，時而被捲入漩渦，時而給狠狠拋起，洪流幾乎將我們的求生意志徹底摧毀。

是寶珊第一個發現河岸兩旁陡斜的峭壁上有幾個大字。

「**毒氣工場**！看，毒氣工場！」她驚呼，像大限將至。

峭壁上四個紅彤彤的大字，叫我們不安，更可怕的是，下面還畫了個骷髏頭標誌，像是死亡預告。

我意識到情況不妙，與淑翩面面相覷，彼此的眼神充滿惶恐，如待宰的羔羊。

不一會，映入眼簾的是另一幅匾額，橫掛在半空，叫我們的心再冷了半截 —— 前方是尼佛大瀑布。

今次必死無疑！我暗忖。

愈近瀑布，水流愈急，流水滾滾正要將我們吞噬，眼見前面不遠處有一塊突起的石頭，我盤算着 —— 這是最後的機會。當我們向石塊急速衝去時，我拚了最後一口氣，把自己黏附上去。

「啪！」我感得軀幹和右手手掌一陣撕裂的劇痛！我給洪水毫不留情地沖往石頭上，一陣昏厥；正當我慶幸自己牢牢地貼在石塊上，左手牽着的淑翩，竟給流水捲了開去。

「呀！」這股漩渦的力量非同小可，我們給捲進水底去。

到我們再次冒出水面時，已來到陡峭的崖邊。懸崖像鯊魚張大的嘴巴等待着獵物，我們成了小魚，被急流拋離水面，往下墜……

◆　◆　◆

瀑布、洪流都不見了，我揹着寶珊，牽着淑翩在半空跌呀跌 —— 過程好漫長！腦海突然浮現昔日離開學堂、淑翩牽着我跳下懸崖的一刻；還有高空跳傘的一幕……一切一切，如浮光掠影一閃而過。

「撲通！」我們再次栽進水中，喉嚨氣管灌滿了水。

「咕嚕咕嚕……咕嚕咕嚕……」我給嗆得透不過氣來，眼前盡是泡沫，一片白濛濛，這處水很深，一掉下來，就直往下潛。

瀑布激流澎湃，水底卻異常平靜。水平線下，浪花激起的飛沫，化成晶瑩的氣泡。嗯，是淑翩嗎？我看見她在水底不遠處，四肢癱瘓，面無血色，像死去一樣，我趕緊游過去抓住她。

才定過神來，方發覺水中有股異味；我感到暈眩噁心，想要窒息，就立即屏住呼吸奮力向上浮，心裏暗叫：「是毒氣 —— 水裏有毒！」我抱住昏迷過去的淑翩，浮出湖面，迅速游到岸邊。

甫上岸放下淑翩，才發現寶珊不見了！「寶珊 —— 」我向着湖面大喊，話還未完，迅即被什麼從後蒙上面罩。我一陣驚慌，深吸口氣，未及轉頭，只覺氣管收縮，咽喉劇痛，心如亂撞的野馬，窒息的感覺濃濃襲來，叫我滿天星斗，雙腳一軟，就昏迷過去。

3

當我醒來睜眼，一道強光叫我馬上別過臉，又閉上眼。

當我再次睜開眼睛，發現自己睡在一個房間裏。

房間四面是磚牆，一面有門，另一面有窗，還放下了落地窗簾。天花板吊着一盞昏黃的燈。我迷迷糊糊，頭痛得厲害，敲了一下頭顱，企圖理出個所以然。呀 —— 我們被水流帶走，從瀑布墜下，跌進水中，又……又吸入什麼氣體，然後……有什麼從後襲擊……咦，淑翩呢？寶珊呢？

我緊張地左右張望，發現淑翩和寶珊安詳地躺在另外兩張牀上，她倆規律的呼吸令我安心下來。我想喚淑翩，喉嚨卻乾澀得很，沒能發聲。我試着撐起身子，上半身才剛撐起來，「啪」的一聲又沉沉地倒在牀上。

這時門給打開，走進一個長方形的細胞，像一張撲克牌。

「醒了嗎？」他問道。

我全身乏力，無從反應，只好輕輕揮手。

他把一個氳氤冒氣的盆子放到牀頭几上，又揉搓了一條布巾給我抹臉，熱氣敷得通臉發紅，頓時清醒不少。

長方形細胞臉色紅潤，眉清目秀，眼睛炯炯有神，像個溫文爾雅、滿有學識的才子。他拿起茶壺，邊給我倒了一杯熱騰騰的清茶，邊問：「怎麼你們會闖進這裏來？你們不屬於這裏，沒看到河岸的警告標誌嗎？」

我一怔，不知從何說起。

我錯愕的神情令他意識到什麼，即說：「對不起，把你嚇壞了！我是**李弗生**，負責掌管工場運作。」他臉帶微笑，將我扶起來，坐直身子，給我遞上那杯冒着煙的熱茶。

我呷了口熱茶，杯子把雙手燙得發紅，這股暖流直滲入心，腦袋也活躍起來。

李弗生說：「當我看見你們從瀑布頂墜下時，還怕你們支持不住，你和你的朋友不該擅闖這裏。」

「對不起，打擾了，謝謝你的照顧。」

「也沒什麼。」

「我的朋友還好嗎？」

「嗯，你們三個是——」

我見他友善，戒備之心也消失了，就如實告訴他：「那三眼細胞叫劉淑翩，另一個是韋寶珊，我是巨噬細胞麥高飛。」

「你就是除暴安良的巨噬細胞？我們這裏也有你的族羣呢！昨天好險，幸好你們趕快浮上水面，否則即使我們及時趕到，恐怕也保不了你的小命。至於寶珊，要不是你在岸邊大嚷，我們也不會潛入水底找她……她們差不多該醒了。」

我端詳四周，百思不得其解，含糊地問道：「請問這是什麼地方？」

這時淑翩和寶珊挪動身子，似乎已經蘇醒過來。

李弗生盯着我們，見我們面色好多了，便舒一口氣。

「高飛，發生了什麼事？這是什麼地方？」淑翩微微睜開惺忪的雙眼，愣愣地打量四周。

「我們差點沒命，幸好及時獲救。」我和李弗生分別走近淑翩和寶珊，給她們送上熱茶。

「我死了嗎？這裏是天堂？」寶珊捧着茶杯，讓溫暖沿掌心滲透全身。

「你們正身處毒氣工場，這裏專為國家消毒排毒。」

寶珊緊閉眼睛，努力叫自己回復狀態，氣若游絲的囁嚅：「國家竟然有毒氣工場！我們幾乎命喪這裏，真可怕！」

「是他救了我們。」我告訴淑翩和寶珊。

淑翩看清楚，然後必恭必敬的說：「你就是那位才子——李弗生？」

「過獎。」李弗生謙謙有禮地點頭。

寶珊開始上下打量，誇張的眨動眼睛，「唰」地兩頰立時由藍色轉為嫣紅，就害羞的垂下頭。

「高飛，他就是多才多藝的李弗生！」淑翩不由興奮起來，猛搖我的手臂：「書裏不是常常出現他的名字嗎？他是負責管理毒氣工場的。這裏的焚化爐專門消除毒素，剛才我們準是掉進收納毒氣的潭裏。」

「呀，我記起了，這裏還有生產部和儲存庫，結構複雜，但功能多多，好不厲害！」

在學堂的同學間，李弗生可算鼎鼎大名。他修養好、學問廣、本領高，沒有不尊敬他的。

寶珊的目光由欣賞變為傾慕：「百聞不如一見，我圓你方，天生……妙！」

李弗生忍不住「噗哧」一聲笑了：「我和大家都一樣，為國家辦事而已。這裏的毒氣潭，就是你們剛才掉下瀑布的地方，含高度毒性，不趕快離開，會導致神志不清，繼而昏迷，甚至死亡。」

「你在這裏工作，豈不是百毒不侵？」我羡慕。

「這是我的天賦，也是我的使命。」李弗生把窗簾拉開，讓溫柔的陽光灑進來，空氣中浮動的粒子如霧如煙，感覺祥和而平靜。

我走近窗前，有點心神恍惚，四肢有些痠軟。窗外有潭，前方有高牆峭壁上一道道瀑布傾瀉而下……以往的片段，不受控的如靈光乍現。

戈壁行動、險要的磯里山脈、阿簡猙獰的面容、兇悍的襲擊、萬馬千軍的追捕、折斷的繩索……一下子像打開的潘多拉盒子，紛紛擾擾的竄出來。

晴朗無垠的藍天，空蕩蕩的，一切像夢般遙遠，又如歷歷在目的現實。

什麼也沒有了。軍隊去了哪裏？科濟呢？軍馬夾雜的嘶叫、悲鳴、求救的眼神、下墜的身影……

「我對不起同袍，我害死了他們！」我雙膝一跪，激動得渾身抽搐，雙手猛力搥打自己。

「別這樣，高飛！」淑翩伸手按在我的肩膀上。

我兩眼通紅，有話卡在喉嚨說不出來，直愣愣地望着淑翩。

想起一個個受害的戰友，淑翩也跪了下來，與我相擁痛哭。

躺在牀上的寶珊，也在抽噎，窸窸窣窣的把事情始末告訴李弗生。

我們漸漸平靜下來，默然接受這次戰敗的事實。

「原來有邪惡入侵者！」李弗生咬牙切齒：「高飛，身為巨噬細胞，你要振作反擊，反敗為勝。國家興亡，靠你了！」

「強敵正直搗龍源，那是兵家必爭之地，我要趕快到那裏。」龍源在呼喚我、催迫我，我心火熱，亟亟要為龍源燃燒自己。

「和阿簡決一生死！」淑翩拭去眼淚，轉向李弗生說：「不能再等了，請問我們要如何離開這裏？」

弗生托着腮，稍稍琢磨當下形勢，神色凝重，道：「高飛、淑翩、寶珊，除了這房間，外面都瀰漫着毒氣。我們倒是適應了，但你們未經操練，恐怕一踏出此門便有生命危險。」

「那豈不是註定我要留在你這裏？」寶珊一臉慶幸，羞澀的偷望弗生。

紅血球就是這樣子——重情，卻敵我不分，戰爭抗敵，對她們來說，並不重要。

「那怎辦好呢？」淑翩環顧四周，煞是惆悵。

「也不一定，」弗生從抽屜撿出三個面罩：「這些防毒面罩，也許能幫你們一把。」

面罩像頭盔，近鼻口處有一個杯狀的過濾器，脖子處的神奇黏貼能令面罩緊貼皮膚，形成一個密不透風的保護層。

昨天離開毒氣潭，一上岸馬上就給蒙在臉上的，大概就是這東西。

「三個面罩？」寶珊一臉害臊，不好意思問下去。

「寶珊，你身體太虛弱，實在不宜久留，你該跟他們去龍源。待你在龍源恢復體力後，歡迎再回來，到時還可以多留一會。」

我抿嘴小聲說：「感情事，等戰爭之後再談吧！」

寶珊向我扮個鬼臉，即轉向弗生：「待我回復神采，再來找你！」

「雖說面罩的保護功能良好，但也不是百分百安全。」弗生加強語氣道：「它的有效期不長，加上過濾器也不完全可靠，時間長了，會有小量毒氣慢慢滲進，哪怕只是一點點，也會叫你們昏迷不醒。」

我和淑翩屏着氣，這個逃生計畫來到骨節眼，大家都不吭聲，不想遺漏任何細節。

「所以，高飛、淑翩，好好聽住——」弗生像在宣布一個生命攸關的大祕密：「寶珊最虛弱，黏附能力也有限，幸好她體內沒有基因，身體輕，請高飛揹她。」

「這我沒問題。」我拍拍胸膛。

「我要你們好好休息，補充體力，一旦準備好，我會帶你們儘快離開。這裏是萬丈深淵，三面是瀑布，餘下一面是堵磚牆，沒有直接的出口 —— 好防止毒氣洩漏，也不想有誤闖進來的。」

「你是說，我們要從谷底往上攀？」我睜大眼睛。回想昨天從瀑布掉下時，過了好久才墮進水裏，那是好長好長的一段距離，現在卻要爬回原處。

弗生站起，來回踱步，沉思一會，說：「所以，你們必須以最佳的體能和意志力去應付。還好牆上沒有突出的尖石，也沒有濕滑的苔蘚，你們大可長驅直進，以最快的速度攀爬。」

「毒氣是由上而下，還是由下而上攻來？」我問。

「谷底籠罩着毒氣，氣體是向上升的。唔 —— 我有一個建議，淑翩，你的體形纖細，先上去。高飛，你耐力較好，在下面掩護，可以阻擋部分毒氣，減低淑翩周圍的毒氣濃度，讓她可以多堅持一會，萬一失手，你也可以接住她。」

有機會保護淑翩，我義不容辭，豎起拇指稱好。

寶珊抿嘴噓聲對我說：「是誰說感情事等戰爭之後再

談？」

淑翩看在眼裏，嫣然一笑，馬上把頭別過去，生怕被看穿心事。

「為安全計，淑翩要綁上救生繩，扣住高飛的肩膀。」弗生想得周到。

「弗生，到峭壁頂後，該怎樣去龍源？」我問。

「最好的方法，是越過稻田到海邊，再坐船橫渡靜脈海，但路不好走，你們要小心。」

「我們什麼時候起程？」寶珊問。

「我睡了一大覺，體力恢復，隨時可以動身。」我舉起雙臂，以行動宣布自己已經充滿力量。

「想起毒氣便怕怕，無論如何我也睡不了，還是早日離開為妙。」淑翩聳聳肩。

「那我們現在起程吧！」寶珊總結。

沒料到我們嚷着要即時離開，弗生微笑道：「我先打點一下，你們再喝點茶，用一些點心，稍後我帶你們出去。」

◆ ◆ ◆

弗生帶來一把彎刀給我傍身，我們戴上防毒面罩，跟着他走到毒氣潭。

四周水氣氤氳，水聲嘩啦嘩啦，猛烈地傾瀉而下，如萬馬墜入潭中，擊起澎湃驚濤，陣陣寒氣迫來。我們雖然離潭水還遠，還是被濺得滿身濕漉漉的。

弗生沒戴上面罩，停在一堵牆下，水聲蓋過他的聲音，他喊破嗓子：「往上爬——」他拍拍淑翩的胳膊：「你先上。」又向上指指。

我往上一望，只見石壁筆直地往上伸延，壓根兒看不見盡頭。這個考驗好嚴峻！

我和淑翩四目交投，微微頷首，互相鼓勵。淑翩也覺事不宜遲，多留一刻，徒添危險，就把身子靠貼石牆，矯健的向上爬。我向弗生揮手道別，即緊隨其後，一股寒風沿地面順着牆壁往上襲來，催促我前進。

「到了上面，穿越稻田離開，祝戈壁行動成功！」弗生揚聲囑咐。

高高的牆上，我和淑翩宛如兩個小點，一步步向上爬。

風很狂、很猛，我整個身子幾乎給狂風吹起，攀爬不怎費力，反而要極力將自己貼到牆上，免被風扯開才最吃力。呼呼狂飆送來李弗生的吶喊助威，漸漸變得遙遠。

到了半途，風勢收斂，我正要鬆一口氣，卻見淑翩的身子搖搖晃晃，快要跌下來似的。

我暗叫不妙。淑翩依然堅持着向上爬，但步伐顯得紊亂，身體也未能穩妥地貼在牆上，我心焦灼得很，這時一股狂風吹來，我見形勢不妙，迅速收緊救生索，往上攀，趨前想要抓住淑翩的手。這刻淑翩有點迷糊，竟被風吹離牆壁。

我使勁拉長手臂，恰好抓住淑翩。若不是身體有黏性，也會一併給吹走。我提起精神，也在心裏鼓勵淑翩——你要支持下去！

淑翩昏迷不醒，癱軟地掛在我的肩膀上，幸好有救生索，她才不致掉下去。

背後的重量頓時增大，我咬緊牙關，喃喃道：「不會有事的，一定不可以有事！快，我們一起上去！」

我揹着淑翩和寶珊，乘着風的承托力，迅速向頂部爬去。不一會，我開始吃不消，但我必須堅持，不可鬆懈，龍源等着我！可惡的阿簡，絕不可以放過他！同袍們，因為你們的犧牲，我會更努力！就這樣一路勉勵自己、催逼自己，我忘記割破了的雙手，忘記疲憊、疼痛，忘記口渴……心中不斷盤旋着一個意念——以最快的速度離開這裏，到達頂峰。

巍峨的牆壁，一個小點，背負着大大的包袱，拚命地向上攀爬……

當我氣喘吁吁，撐着身子來到崖頂時，展現眼前是一個遼闊的草原。

夕陽西下，天邊的晚霞，一片赤酡如醉。我心身俱疲的走了一段路，入黑前來到阡陌縱橫的稻田。我拭去汗水，把淑翩和寶珊卸在一棵樹下，讓她們休息，我則大口大口地吸着新鮮的空氣。

稻田盡頭，山巒起伏，好不平靜！如果生命是一趟旅程，能跟淑翩四處冒險，東走走，西停停，看看新奇有趣事，沒有負擔和使命，該多愜意。但浪遊一輩子，無根的生活缺乏重心，也太沒意思了。

我伸出指頭，尋找屬於自己的消息。四周很平靜，甚至平靜得異常，連風也沒有，如同暴風前夕，我開始擔心起來。

天快黑了，先休息一晚，明早再起程吧！清冷的晚風，添上寒意，酣睡的淑翩縮作一團。我收集好些枯草落葉，編成一張被子蓋在她身上。

淑翩睡得正酣，我凝望着她，心中升起溫暖又幸福的感覺。萬籟俱寂，皎潔的明月下，恬靜安寧。月光下我掏出彎刀操練一番，先是黑斑細胞傳授的「刀風掃落葉」，繼而鍛煉掌風，刀風掌風把地上的落葉趕到一旁，劃出圓形的沙地，影子在地上躍動……

4

我被一連串悶雷喚醒，才發現淑翩已經醒來，站到樹枝上，極目張望，一臉憂忡。

寶珊仍然累透，膚色紫藍得更厲害，昏昏沉沉的，很難想像她曾經臉色紅潤的模樣。再不趕快去龍源，我擔心她支持不住。

一夜間，天空由清明變為灰濛陰鬱，黑壓壓的雲層，像要把大地壓縮；厚雲憋着滿肚子水，還「咕嚕、咕嚕」地打嗝，像隨時要把肚子掏空，暢暢快快把水傾瀉下來，好消減自己的重量。

這時雷聲大作，暴雨再按捺不住，劈頭傾盆而下。我和淑翩商量後，決定趕路，要在阿簡抵達龍源前部署截擊，也要儘快帶寶珊去龍源療養身體。

我揹負寶珊，腳踏在濕漉漉的泥濘上，路不好走。一路前行，路況漸漸起了變化。先是路旁出現一株株枝幹幼小的樹苗，排列稀疏；愈往前走，樹木愈密愈高，樹幹粗得有我腰圍的三、四倍，禿禿的椏枝叉在上空，環境顯得陰暗幽深。淑翩的手牢牢抓住我的膀臂，我覺得她在顫抖。

「高飛，我……真……有點……怕。」淑翩戰戰兢兢，眼睛四處打轉，聲音抖顫。

「不用怕，有我在。小心走，一定可以走出去的。」

雨正下得緊，遠處還颳起旋風。淑翩皺着眉，擔憂的說：「看來會有一場狂風暴雨。這是什麼地方？」她仰頭張望。

「小心！泥濘——」我正想阻止，但淑翩已一腳踏前。

她發現不對勁，大喊：「哎呀！是什麼抓住我？」說着整個身子迅速往下墜，只露出上半身，雙手在亂舞。

「快救我！」淑翩發慌，一臉慘白。

不妙！是豪雨令泥土鬆塌，形成「**吞噬沼澤**」，要把所有路過者吃掉，再沖走。

「不用怕，有我在，別亂動！」我伸手捉緊她，不料糊狀的泥巴已經淹至小腿，我想抽出雙腳，只發現腳下有一股吸力，把腳套住。

濕漉漉的泥漿一下子來到膝蓋。我們動彈不得，一晃動掙扎，身體又給吸下去。

泥濘一下子來到胸膛，本來睏極的寶珊也驚醒了，大喊：「天，什麼事？」又死命抱住我的頸項，幾乎把我勒死。

「大家別亂動！保持鎮靜，愈動，下陷的速度就愈快。」我邊大叫邊觀察四周。

黏稠的泥濘把我們重重纏住，我心頭不住猛跳。死亡圈套已將我們重重箍緊，只差一點便給完全吞噬……

「高飛，你看，有樹枝，它能救我們！」淑翩高呼。

我向上望，瞥見頭上不遠處有一棵倒下的大樹，一根粗壯的樹枝懸垂在沼澤上面。

機不可失。我全力伸出舌頭，把舌尖牢牢地扣在樹枝上。舌頭一收緊，就發麻發痠，還有陣陣絞痛。我深深吸一口氣，再用勁，頭頂有一股拉扯的力量，把我們往上一提。

我一手捉緊淑翩，另一隻手伸長，捲纏在樹枝上。手和舌頭同時運勁、用力。一股向上拉扯的力量與腳下的漩渦抗衡，我們被拉出半個身子。我把握時機，舌頭再用力拉，緊繃的舌頭幾乎將我的喉嚨撕裂，痛徹五臟六腑……

「噗」地我們三個終於給拖出泥沼。

「好險！」淑翩驚叫。

逃出生天。我收回發脹的舌頭，淑翩猶有餘悸，蹲在樹枝上，牙關仍在抖震。

「謝謝。」寶珊用餘下的力氣，給我和淑翩各吹一口氣，沒等我們道謝，她又沉沉睡去。

沼澤彼岸，仍下着滂沱大雨，一片淒迷，什麼也看不清。

該往哪裏走呢？正在懊惱，就聽到淑翩連聲尖叫：「高飛，快逃！洪水來了！」

黃褐色的泥水滾滾而下，像山洪爆發，水猛流急。叫我們更恐慌的是，天空出現了一道龍捲風，颳起風沙，呼呼嘯叫，遍地滔天都是沙塵迷霧，擋路的盡給捲起，拋到半空。

一時間天與地都在旋轉。

我們不敢怠慢，馬上沿着細枝條爬到樹幹旁邊另一棵巨樹上。這老樹根深葉茂，蒼勁非常，希望可以助我們熬過這場風暴。

「高飛！上面有個洞！」原來頭頂有一個鳥洞，我們就擠壓着身子進去。

頃刻，黃褐色的洪水已來到樹下，水勢漲漫，一下子向四方八面湧去，淹蓋了極目之處。不旋踵，狂飆掩至，雨點夾着斷枝落葉、泥沙，鞭打着巨樹，樹幹枝葉間起了一陣猛烈的騷動。我們躲在洞裏，冷不防風沙迎面打來，眼睛也睜不開。巨樹一直給烈風蹂躪，傷痕纍纍，卻仍硬挺着。

我們在洞裏默默等待暴風過去。

「看來國家的情況比我想像的嚴峻。」淑翩憂愁，我也納悶得很，心裏隱然感到國家有什麼可怕的事正在醞釀……阿簡，你要毀了我們的家園嗎？

直到一切回復平靜，大片禾田被洪水淹成澤國。風仍大，前路也不好走，但事態緊急，我們就朝靜脈湖畔的渡船碼頭走去。

烏雲蔽天，日月無光，氣氛有點詭祕陰森。走在田間的小路上，我心重甸甸的，沒多説話，看來國家已值危急存亡之秋。

8　終極一戰　誓保家園

我完成了你的囑託，也來到這個屬於我的家。我會在這裏發揮所長，履行造物主的託付。我答應你，我會放下自我，奉獻生命，決不回頭。這是我的 he ne ni。

1

我們終於抵達「靜脈湖畔碼頭」。

碼頭一片寧靜，泊了舢舨和風帆，卻沒有划船的。風起了，湖水失去平日的碧綠，灰濛濛一片。為了趕快到**龍源**，淑翩將帆升起，我坐在船尾掌舵。船乘着風勢航行，離開靜脈湖，駛進心臟海後，龍源山脈遠遠出現眼前。

突然一陣狂風襲來，船顛簸起來。

風雲變幻，雲翳在遠方聚攏，大片烏雲遮蔽了半邊天，原來陽光普照的海面，頃刻大塊大塊地給侵蝕掉。厚實沉重的黑雲，把龍源山脈重重包圍，遠處的羣山瞬間給吞掉，近處的峰頂也被削平，一切景物變得矇矇矓矓，最後消失在一片濃霧中。

豆大的雨點傾盆落下，風向帆咆哮、呼嘯；浪乘風勢，船搖晃得厲害。我不時坐不穩，給拋開去。暗沉沉的天空驀地掠過幾下閃光，冷冷地把天空割開。風愈颳愈狠，還打着漩渦，叫桅杆搖擺不定，帆布被扯得緊緊的，邊緣在颼颼搧動，震懾於風的威勢之下。

大浪擊打船身，一面帆給扯破了，幾塊碎布在風中拍動。寶珊躺在船上，像小蝦一樣蜷曲身子，雙眼緊閉，眉頭深鎖，我和淑翩給雨水和浪花打得幾乎睜不開眼睛。

雖然沒有對話，我和淑翩卻互有默契——趕去保護龍源！

我在船尾用力握緊舵，好控制船的方向，朝龍源破浪而去。

又一陣狂飆襲來，大海翻騰，船顛簸得更厲害。巨浪一個接一個，海水灌到船上，船身陡地傾側，「呀——」我驚叫，海水捲走了舵；由於救舵心切，我拉長身子伸手去抓，卻失去平衡，給拋出船外。

「淑翩——」我呼喊，在海中揮手。

淑翩機警的把繫在船舷的一根粗繩扔到海裏，我一手接住，同時聽見船上傳來喊叫聲：「高飛！抓住繩索……」

狂風颳向帆，船失了舵，乘着風勢，高速向龍源駛去。我在風浪裏掙扎，嗆了滿口海水，好不容易才沿着繩索回到船邊。淑翩伸手拉我，我按着船舷爬回船上，不料竟令船傾側了。

這時另一巨浪打來，淑翩竟被扯進海裏！洶湧的波濤蓋頂而來，一時淹沒了淑翩。當她被拋到海面時，離船已有一段距離，我試着用力拋出繩索，但就是無法對準方向，繩索的落點很差，淑翩無法抓住。我心亂成一團。

浪稍過去，淑翩穩住自己，舉起手讓我看見。我收回繩索，再用力一扔，繩索卻不夠長，我一時無計可施，只管大叫：「淑翩，你要振作！」又趕快收回繩索，再次擲出。浪又要來了，海面傳來淑翩高聲叫喊：「高飛，照顧寶珊，快去龍源，別管我。」巨浪再次淹沒淑翩。

風雨交加，視野矇矓，船在巨浪的推波助瀾下，高速前進。任憑我如何回頭張望，再也看不見淑翩的蹤影。

繩索的末端空蕩蕩的，在浪裏浮沉，像一條戛然切斷的弦線，也像淑翩的生命……

帆毀了，船舵失了，在惡風駭浪中，船向龍源灘頭直衝過去。

2

破船在龍源灘頭擱淺，陷進嶙峋的巨石堆中。

我靠在折斷的船桅上，望向漆黑深邃的大海，腦袋一片空白，記憶裏只有狂風怒吼、巨浪滔天、淑翩遇難……我筋疲力竭，一陣悲愴，哆嗦着站起來。

我想起淑翩的叮嚀。我要振作，不負所託！於是拭去眼淚，揹起寶珊，冒着大雨罡風向山的彼方龍源碉堡邁去。

像走了一輩子的路，終於來到山頂，我站在一列樹冠茂密的龍血樹間。

山區氣候變化很大，山下狂風暴雨，頂峰卻風和日麗。

山頂處乾燥得很，風沙飛揚。極目遠眺，穹蒼清澄如洗，如絮的白雲下，是一個個丘陵，連綿起伏。

我向遠方大喊，宣洩情緒：「龍源，我終於到了！終於到了！」我張開雙手，深吸口氣，讓龍源的空氣填滿我，除了滿足，更有難解的鬱結。

我雙膝一跪，雙手按在地上，欲哭無淚。

「高飛，」寶珊在背後迷糊的說：「我在做夢嗎？這就是龍源？」嘴角微笑，口在吸氣，臉色開始紅潤。

寶珊逐漸清醒過來，於是我卸下她。她舒展四肢，精神抖擻，臉色紅潤，相信很快便會回復狀態。

「終於來到龍源！」寶珊喜孜孜的告訴我：「高飛，剛才我做了一個奇怪的夢，夢裏狂風巨浪，好可怕！直至睜開眼才鬆口氣，原來是噩夢一場！」

我希望阿簡的出現也是夢一場。

淑翩，我完成了你的囑託，也來到這個屬於我的家。我會在這裏發揮所長，履行造物主的託付。我答應你，我會放下自我，奉獻生命，決不回頭。這是我的 he ne ni。淑翩，如果你也在這裏，那多好！

「咦，淑翩呢？我們到龍源，不是因為要……追捕……阿簡嗎？不是說龍源有難嗎？」寶珊的意識清晰，把往事一塊塊的拼湊起來。

如此祥和美景，很難相信當中正醞釀劫難。難道阿簡還未到達？又或是到這裏之前已經被逮住，處決了？

我本想告訴寶珊有關海難的事，但遠方隱約傳來「咕隆咕隆」的聲音，像萬馬奔騰而來，我定神細聽，聲音更清楚。

遠處颳起一陣風，揚起滾滾沙塵，還飄來飛絮。

我伸出手指，在空中打個轉，心頭一凜，不期然按着腰間的彎刀。「來，寶珊。」我們一口氣跑到山頂的另一邊，在這制高點上，可以審視四周環境，這兒是去龍源碉堡的必經之路。

狂風飛沙迎面撲來，沙打在臉上。我望向山的另一邊，頓時瞪圓了眼。

山腰是一片沙漠平原，遠處跑來幾十個士兵，個個身形魁梧，肌肉賁張結實，樣貌兇悍猙獰，都有一雙既長且幼的吊睛，眼角扯拉在額上，流露詭異的神色，左臉潰爛，比任何細胞更陰險難測。

軍兵手裏緊握着一彎半月形的利刀，刀把是一個張開大口的龍頭，刀上鑄刻了龍身，背如鋸齒。再細看，原來整支軍隊都騎在疾跑的惡獸上。惡獸外形有點像狗，胸側卻長出一雙短翼，毛色灰黑，隻隻目露兇光，伸出血紅的舌頭，在「哈乎哈乎」地急喘。

來者非善類，但樣子和阿簡明顯有別，似乎是另一羣外敵。我居高臨下，見惡獸布陣深嚴，氣勢如虹，昂然向龍源碉堡揮軍前進。

我身上有股本能的抗敵衝動，眼見自己在有利位置，或者可以遏止一場災難，於是我躍下，抄捷徑奔向山坡，與此同時，前面的軍隊已來到山腳，形成倒三角陣式。

「咦，是誰？國家竟有這種族羣，真難看。」寶珊問我。

四野荒蕪，要出奇制勝，就得接觸敵軍，套取密碼。但敵軍來勢洶洶，我如何招架呢？

不速之客向龍源碉堡步步進迫，我得立刻行動！沒辦法了，我要做攔路虎！

我定一定神，發現敵軍已增至百個。我運勁推出雙掌，颼地一陣疾風自掌心發出，牽動沙石旋滾地衝向敵軍陣地。我往腰間抽刀，高聲一嚷，聲音渾厚雄壯：「來者是誰？報上名來！」

軍隊正要長驅直進，聽見喊聲停下來。惡獸喉間發出悶響，殺氣騰騰，擺出一副挑釁的模樣。站在最前面領軍的，目光凌厲，他用「龍頭刀」指向我，冷冷地警告説：「麥高飛，你還沒死嗎？在磯里山脈死不去，竟跑來這裏送死！」

冷不防敵人叫出我的名字，而聲線竟是——阿簡！

「唏，阿簡，你沒事吧？怎麼又醜了爛了……」寶珊半掩着嘴巴，花容失色。阿簡滿身潰瘍瘡疤，心裏敗壞，相由心生。

「寶珊，你看清楚他的真面目吧！阿簡，當初我有眼無珠，給你走掉，今日我要清理門戶！」之前在磯里山脈萬馬千軍也無法收拾他，儘管現在我功力大增，看來暫時也不是他的對手，但既然狹路相逢，也只好拚到底。

「哈哈！就憑你這個又醜又髒的清道夫？識趣的，讓開！」

我抽出彎刀，指着他鼻尖，厲聲説：「阿簡，改邪歸正吧，否則別怪我無情！」

「哈哈，高飛，我書讀得沒你的好，以前一無是處，但現在不同了，我將會是最後的皇者，你別擋在我征服龍源的路上！念當日你在篩選堤壩救了我，我就給你一條生路——現在滾開的話，我和我的兄弟可以饒你一命。」一無是處？這是他走上歪路的理由嗎？他錯了，他忘了自己曾經擁有一身令我羨慕不已的光滑皮膚，還有不少朋友，怎麼他看不到造物主的恩惠？從他的眼神中，我看到昔日的自己——只顧一味埋怨，就容易行差踏錯，選擇歪路。

「高飛，讓不讓開由你選擇！」阿簡奸笑，不可一世。

選擇？對，我可以選擇。「寶珊，躲好。」説罷就踏前，制出彎刀，要和阿簡決一生死。

但見阿簡詭異一笑，頓時一分為二，分裂成兩個模樣相同的阿簡。我困惑，哪才是他？左邊還是右邊的？抑或兩個都是？

左邊的阿簡惡狠狠地説：「真不知好歹！敬酒不喝。」右邊的揚一揚手，百頭惡獸張開血盆大口，搧動翅膀。我只覺身旁旋即烈風大作，捲起了一場沙塵暴。

「呀——」寶珊身體輕巧，即伸手抱緊我以穩住腳步，我倆在沙漠中，被狂風吹向左邊。右方不遠處出現一陣狂飆，打着漩渦，揚起千堆黃色沙石，頃刻狂風又拉成漏斗般，把天地連接起來，接着漏斗變成一條巨龍，張開大口撲向我，風暴夾雜的石塊有如箭頭戳割我的身體，令我身上的皮肉快要裂開。

「寶珊，抱緊別給吹走！」我顧不了痛，求生的意志叫我用黏稠的身軀紮穩馬步，又把彎刀往沙地插下去。沙又細又軟，刀刺深下去卻仍穩不住，狂風橫掃，我往左邊飄移，彎刀終於勾住什麼，穩住了。未及理清形勢，腳下一輕，我給風捲起，身子呈倒立姿態；若不是彎刀勾住地面，我和寶珊早被風帶走。飛沙像一大羣密匝匝的黃蜂，把我們重重包圍，在耳邊嗡嗡作響。我奮力用手套住刀柄，只要稍一鬆手，就會被捲上九霄雲外，我設法平衡身體，身體卻不受控地擺動。

隔着飛沙，阿簡向我冷冷一笑，右手一揮，作了一個告別禮；旋即拍拍胯下惡獸的頸項，抽打鞭子，叱喝一聲，軍隊就浩浩蕩蕩地越過山坡，向碉堡推進。

時間過去，龍捲風漸漸平息下來。

我的雙腳再次踏在地上，全身震慄，氣喘如牛。抽出彎刀，才知道刀勾着龍血樹深入沙土的根。我拍拍它，說：「謝謝你救我一命，龍血樹。」

糟！阿簡已懂分身的本領，現在對付他就更困難。龍源的防禦，能招架這邪惡勢力嗎？我擔心不已。

寶珊默默的望着遠去的敵軍，彷彿有所領悟 —— 不好好保守己心，每個同胞都有可能像阿簡一樣腐化敗壞。

阿簡的軍隊早消失在視線範圍內，我心在呼喊 —— 要調兵遣將，保衛龍源。阿簡，這是我們和你的終極一戰。

「來，寶珊，去保護碉堡！」

3

走了好一段路，背後傳來馬蹄聲。

「原來你們真的在這裏，來，上馬！」領軍者把我和寶珊扛起來，分別放上兩匹奔馳的駿馬上；手上長劍一揮，向碉堡奔去。

「科濟！」寶珊驚訝。

我也無法相信自己的眼睛：「科濟，怎麼……？」

科濟向我們笑了笑：「你們一定以為我命喪磯里山脈吧？你忘了我騎的是天馬。」

「所以你能逃過一劫。」寶珊恍然。

科濟愛馬，明白馬匹特性，要馬匹飛天，必須與馬合一，才能激發牠的潛能，如此高超技術，是我們難以掌握的。

「當日吊橋下塌時，我騎着馬在空中找你們，但一下子你們就不見了。」科濟抽一抽馬鞭，神色凝重，「我收到消息，知道阿簡的勢力已在龍源聚集，就趕過來。」

我本想告訴他淑翩的事，但他沒問，我也無從説起，而且戰事一觸即發，不是談這些的時候。「我剛才在山腰遇見阿簡，他功力大增，這場仗，不好打呢！」

「我已通知各地的支援部隊，他們大概也到了，隨時候命。」

「嗚嗚——嗚嗚——」號角聲自碉堡傳來，深沉、有力，餘韻拖着一條很長的尾巴。聲音穿透萬里河山，傳至各地，是緊急警示，叫大家緊守崗位，準備作戰。

我伸手，飛絮一下子沾了上來，指頭毛茸茸的，像發霉的真菌。

「這場仗，真要拚到底。」我見遠處燃起裊裊烽煙，訥訥的說。

科濟勒住馬韁，在馬兒的嘶叫聲中，語氣急促的說：「快到碉堡了！元帥，請準備！」

寶珊先下馬，走向疲倦的兵團，向他們吹氣，士兵們精神為之一振。

科濟把食指和拇指勾成一圈，放在嘴裏一吹，「咇——咇——」清脆的口哨聲在碉堡內迴盪。「讓開，元帥麥高飛來了，請讓開。」科濟一路叱喝，各士兵馬上靠邊站，而且表現得很期待，為我添上不少壓力。

我四處張望，心想如果淑翩還在的話，她也該在陣中候命。

「高飛，前面是戰壕區，我軍剛與敵軍正面交鋒，雙方都在試探軍情，但看來形勢不妙，前線的衝鋒隊員傷亡慘重！」科濟邊說邊抽鞭，直往戰區奔去，「這次國土有難，衝鋒隊員亟待支援。」

我來到戰場的消息，迅速傳遍整個前線部隊，大家都像打了強心針，振臂歡呼。

我和科濟經過補給站，救護站那兒擠滿一個個傷兵，都是三眼細胞組成的衝鋒隊隊員，當中有不少以白布遮蓋軀體。一個個沉睡的勇士壯烈地完成了生命的託付，為國捐軀。我跳下馬走近他們，按手其上，掌下溫熱，軀體就融化收縮，在我體內轉化為珠子。我分析殘留在勇士身上的情報，咽喉處滲着苦澀，不知道是惋惜逝去的同胞，還是憂慮阿簡的軍力加強……

「高飛！」我聽見一把熟悉的聲音從後面響起。

我轉身，尋覓一張渴望的臉。

「淑翩！」我在士兵間穿插，奔向淑翩，我們相擁一起。

我端詳淑翩，見她滿臉污垢，腰間掛上彎刀，英姿颯爽。她把揹着的一袋紅箭卸下，我為她接住。

「淑翩，怎麼……」

淑翩攤開雙手，表示一切安然無恙，眼神裏洋溢着喜悅、興奮。「高飛，我好擔心你，終於你也來到龍源，寶珊呢？」

「她很好，面色紅潤，正為疲兵補充力量。」我捉緊淑翩的手，是那麼實在，我知道，我不是做夢。

「謝謝你。」她望望我身上的黑斑，又輕撫我臂上新增的疙瘩。

「淑翩，戰況緊急，辛苦你們了。我答應你，一日不剷除阿簡，絕不回頭。」

「我為你驕傲。」淑翩靈動的雙眼凝望着我。我們還有許多話要説，但一切又盡在不言中。

「淑翩，你在海中……」

淑翩看着不遠處的科濟，「科濟剛好騎着天馬越過大海，是他救了我。」

這時一隊士兵由科濟帶領，匆匆走近，我見不宜久談，就打斷對話，説：「快要開戰，我得走了，你在前線千萬小心！」

淑翩拔刀出鞘，正氣凜凜，眼神凌厲的説：「放心，阿簡不是我們的對手。」

「好一個女中豪傑！」我緊握淑翩的手，臨別時説：「淑翩，答應我，要活着回來，戰爭結束後，就回到這裏等！」

説罷就放開淑翩的手，不敢怠慢。「兄弟，我們上去！」我揹起那袋紅箭，又在補給站的角落撿起另一袋紅箭。

「淑翩姐姐，那就是麥高飛元帥嗎？好高大威武啊！」身邊一名衝鋒小隊員拉拉淑翩的衣袖。

「對，他就是巨噬細胞。」

「淑翩姐姐，外面戰爭慘烈，我好怕。」

「不用怕，有高飛在。來，我們一起上陣，我掩護你殺敵。我倆背靠背，像這樣子，不讓敵軍有機可乘。」淑翩比畫着，指點身旁的小妹妹……

4

天下着微雨，天色也灰暗下來，衝鋒隊急急越過城門，到達戰場的最前線。我沿着樓梯急步走上城牆，居高觀察形勢，只見烽火處處。

不得了！遠處的山坡上集結了阿簡的軍團，恍如蝗蟲掩至。千軍萬「獸」蠢蠢欲動，還在不斷分裂，數目一下子增加兩倍，密麻麻如一張墨黑的布幕，不一會就把黃沙萬里收於布幕之下。

敵軍步步進迫，時而停下來探索虛實，想是凝聚力量再衝擊城牆。

我不斷吸取敵軍遺留的線索，再放出飛絮，好向各方報信。

各路軍隊浩浩蕩蕩自遠方前來戒備。

阿簡又發動新一輪攻勢，短兵相接，我方前線再有傷亡，雖說暫時擊退敵軍，但敵軍再次分裂，愈加強悍。在此消彼長的情況下，連我也沒有必勝的把握。

我站在城牆之巔，只見刀光劍影，邪惡勢力正肆虐侵蝕破壞。各路援兵也不甘示弱，前仆後繼地抗敵，拚個你死我活！雙方糾纏激戰，戰線拉拉扯扯，已分不清誰是我軍，誰是敵人。前方不少士兵倒下，後來的一鼓作氣，戰線又往外推；不一會惡獸襲來，我軍再次節節敗退⋯⋯

更糟的是，敵軍陣中出現了魁梧族類，龐然身軀比衝鋒隊員大十倍，他們面容扭曲、多眼、全身腐爛、樣子剽悍兇狠，不是配了龍頭刀，就是拿着長矛戳擊地面，令地殼也震動；有的握住大鎚胡亂揮舞，喉頭還發出「咕隆咕隆」的聲音，以壯大聲勢。「敵軍攻城了！」瞭望台吹起迎戰的號角。

本在最前排的敵軍向兩旁移開，讓後排的魁梧族類長驅直進，他們撞開擋在前方的城門守衞兵，來到城門下，架起許多長長的木梯，要攀上圍牆；有些則以矛頭作支點，撐着牆壁翻上來，想要摧毀防守線，攻佔碉堡。

守在城牆上的士兵向魁梧族類放箭，箭插在他們厚硬的皮膚上，儼如搔癢。城牆上，一時刀光劍影，對陣兩方鬥個你死我活。有敵軍從高處墮下，發出沉重的巨響，揚起滾滾沙塵；有衝鋒隊員眼見無法阻止入侵者，便一擁而上，要和他們同歸於盡……

或在高處連連放箭，或往爬牆的敵人身上投下大石，更有衝鋒隊員見敵人快要衝關成功，索性從城牆躍下，與他們扭作一團，作埋身戰。「殺啊！殺啊！」衝鋒隊員吶喊助威，但敵軍聲勢愈來愈壯大。

許多士兵都倒下，看來城牆快要失守！

這時，一個魁梧族類趁我軍一不留神，竟成功攀上城牆，我見形勢不妙，即抽出揹在肩膀的紅箭，箭頭直往敵人射去。

同一時間，守城的衝鋒隊員向偷襲者一撲而上。糟！衝鋒隊員成了擋箭牌，箭頭快要刺在他背部。

瞬間，偷襲者中箭倒下，衝鋒隊員立在城牆上，安然無恙。

◆　◆　◆

敵方又聚集了大批凶神惡煞的魁梧族類，在後方猙獰地咆哮叫囂，阿簡一聲令下，勢如破竹的向城牆衝來。

面對來勢洶洶的敵軍，城牆下的軍兵都怔住了。

我拆開箭袋，卸下許多利箭。

「這些紅箭，淑翩是從哪裏得來的？」我問身邊的士兵。

「城牆外的灘頭。」

「快增派士兵到灘頭收集紅箭，再速速拿到這裏。」

「是。」士兵退去。

「形勢不利，看來我們無法在地面抗敵。科濟，吩咐所有士兵，除了必須在城牆下守衛的，其他都到這處來。」

我又吩咐士兵把紅箭套在弦上。

「高飛，下面仍有很多同袍，你發箭會誤傷我軍。」科濟忠告。

「不，這是最後撒手鐧。」

在生死關頭，再沒有退路，我把舉起的手一揚，喝令：「放箭！」

一支支紅箭恍如長了眼睛，只向敵軍飛去，奇怪的事發生了——

城牆外有衝鋒隊員正提起彎刀，準備招架敵軍劈頭而來的長矛，但刀鋒頂着的，卻是——空氣！面前的敵人像洩氣的皮球，縮小，再縮小，瞬間化成有如炭精的黑塊。

又有倒在地上的衝鋒隊員，手中的刀已被奪去，正閉目屏息，等待那穿心一刺，卻發現自己仍可呼一口氣，身邊卻多了一塊炭精。

另有一個將領遍體鱗傷，拚盡最後一口氣，把敵軍按在地上，揮起拳頭，猛力朝他的頭顱捶打，手指關節卻傳來劇痛——拳頭竟栽在硬地上，另一隻手捏住的又是一塊炭精！

我心生一計，就把戰略告訴科濟。他揮手，先行離去，策馬抄碉堡外的小路走。

城門遠處，被我軍一輪還擊，敵軍陣腳大亂，但頃刻又凝聚軍力，準備捲土重來，發動下一輪進攻。守城的士兵聽命，連忙各就各位，嚴陣以待。

阿簡改變戰略，調派最精鋭的魁梧族類，扛着又長又粗的木樁向城牆衝來。木樁狀似一枚枚炮彈，被扛在半空，直擊城門。

敵軍以被俘虜的衝鋒隊員作擋箭牌，只要我軍一有異動，他們就首當其衝。

木樁朝城門高速撞擊，像個強而有力的鋼鑽頭。

所有士兵都出動了，或用背頂着城門的另一邊，或搬來巨石堵住大門，企圖加強防禦。往城牆外望，只見團團黑影隨叫囂叱罵奔馳而來，如一幅死亡幔子，猙獰地張開。

紅箭所餘無幾，但收集利箭需時，此刻要如何抗敵？血肉之軀又如何能抵擋敵軍的重型武器？

我方軍兵已經豁出去，他們要拚盡最後一口氣，因為守不住龍源，就會國破家亡！所有同袍只抱持一個信念 —— 如果要玉石俱焚，就與龍源共存亡！

城牆之上，眾士兵在套箭，把弓拉緊，弦線在臉上壓出一道痕迹。

背城借一，最後一擊。

敵軍氣呼呼的跑來，發出「嘿……嘿……」的聲音，劃破空氣，凌厲得叫我心寒。攻勢猛烈，鋭氣正旺，綁在最前面的俘虜都閉上眼睛，視死如歸。

敵軍一進入射程範圍，我手一揮，千萬支紅箭直射魁梧族類。

一根根扛在敵人肩上的木樁，突然失去承托，在半空急往下墜，巨響連聲落在地上。木樁乘着餘力，向前滑行，剛好來到城門前，就失去前衝的動力，煞住了。

最前方的衝鋒隊員一個踉蹌如葫蘆滾地，卻安然無恙。

敵方立時起了騷動，後來者不甘示弱，從後勒住俘虜，一邊揮動大鎚。

我手再一揚，紅箭像導彈般向他們襲去。

敵軍奸笑，舉起衝鋒隊員當作盾牌，紅箭卻在半空拐彎，向惡敵背後飛去。箭頭執意纏着敵人，他們只好丟下俘虜，抱頭逃走，紅箭鍥而不捨的跟在背後……

敵軍先頭部隊紛紛倒下，隨後又發動攻勢向碉堡衝來。

一股冰寒由頭頂流向腳趾，我再次揮手，喊：「放箭！」

敵軍陣容鼎盛，箭頭彷彿以卵擊石。一息間，敵人見紅箭用盡，便傾巢而出，再朝城門施襲。此時，碉堡上空飛來雁羣，一字排開，萬支紅箭如雨點從天而降，原來是策騎天馬的士兵及時從灘頭趕至，要把敵人一網打盡。

敵軍潰不成軍，大後方的軍團倉皇四散，灰頭土臉地棄械撤退。

李科濟和一眾士兵早已策馬從後包抄……

一匹天馬從天而降，科濟押着阿簡，推他下馬。

阿簡被五花大綁，動彈不得，跪在我面前，卻仍目露兇光，不肯屈服。

「阿簡，你背叛國家，謀權篡位，可有話説？」我用刀指着他。

「哈哈，當日我選擇叛變，就料到我倆必有一場對決。勝者為王，如何處治，悉隨尊便。」

「你辜負了上天，事到如今，還不知悔改？」

「呸，是上天辜負了我！我沒話要説，要殺要留，快！」

「好，這就是你的選擇。」我刀鋒一亮……

5

敵軍被一舉殲滅，眾將振臂歡呼，互相擊掌，鬥志高昂。龍源碉堡的將領、戰士紛紛向我敬禮。我知道，形勢迅速逆轉，全靠淑翩給我的那袋神奇**紅箭**。淑翩怎麼了？我默默禱告，希望她平安。我沒有留下來接受祝賀，就急不及待衝向我們約定的地方……

◆　◆　◆

月沉星落，太陽從漆黑中探出頭來，照耀整片草原。廝殺聲消失了，換來凱旋的歌聲，烽火逐漸熄滅，硝煙的氣味仍在繚繞。我軍傷兵纍纍，受重傷的、苟延殘喘的、呻吟着的，甚至蓋上白布的，都陸續被送到救護站的，我留心着每一個。

戰場上一片荒涼，火藥味混和風沙塵埃掩蓋了一切，死亡變得如此接近。風，帶點燥熱，增添了我的焦慮。我的目光不住左右掃視，仔細搜索一張熟悉的臉……

軍營再沒有大戰的緊張氣氛，只有拖着疲憊身軀而來的靈魂；不是每個同胞都為打勝仗歡喜——有的為失去至親痛哭，也有欲哭無淚的。

四周的氣氛有些詭譎，像加了濾光鏡，很不真實。我來回踱步，時間一點一滴流逝，我不禁氣急敗壞。淑翩……會出現嗎？我憂心如焚，不敢想下去。

淑翩，我們一起經歷了那麼多，你別離開我。現在已經脫離劫難，你要活着回來！戰爭結束了，你在戰場上的任務也功成身退，記得我們的約定嗎？淑翩，請你一定要回來。

造物主，求祢讓我再見淑翩，讓我在生命的戰場上，再與她一起迎向挑戰！我的心灼熱，全身繃緊抖動，雙手緊握得發痛。

沒有淑翩的營地，顯得蕭條沉寂。

這時，不遠處有一個士兵踉蹌前來，氣喘吁吁。她的胳臂環抱着一個傷兵，每一步都踏在我心上。足音挨近，我的目光緊緊追隨，心也「卜卜⋯⋯卜卜⋯⋯」地猛跳。

腳步在轉角處停下，突然我心裏一陣沉重⋯⋯

她是與淑翩一起抗敵的衝鋒小隊員。

衝鋒小隊員走近，輕輕地把懷中的她卸到我身上。淑翩在我臂彎中，臉色蒼白，腹部還留下半截矛頭。

「謝謝你。」淑翩有氣無力。

「淑⋯⋯翩！」我的心像給霜雪冰封，快要停頓，喉嚨像給什麼卡住，胸膛一起一伏，眼淚再也控制不住，落在淑翩身上，和着殷紅的血。

「高飛，淑翩姐姐為了掩護我⋯⋯她為了救我⋯⋯」衝鋒小隊員泣不成聲，話接不下去。

她頓了頓，深深吸一口氣，無論如何也要掙出一句：「我本想把她送到救護站，但她不肯，堅持要我⋯⋯把她帶來這裏。她説⋯⋯她説⋯⋯她不行了。」説罷別過臉，蹲在地上嚎啕大哭。

淑翩在我懷裏，吃力地、沉緩地呼吸。她在半空晃晃手，輕輕的說：「妹妹，別這樣⋯⋯我的時候⋯⋯也差不多了。可以在有生之年剿滅敵軍，是一種⋯⋯光榮！」嘴角勾起一絲微笑。

我把淑翩的身子晃了晃，好讓她保持清醒，又在她耳邊喊：「淑翩，你振作一點。我去找救護員，你振作呀！」正想按住淑翩出血的傷口，卻發現矛刺得很深，稍稍觸碰已令她痛楚難當。

「不⋯⋯高飛⋯⋯」淑翩氣若游絲，「沒用的，我⋯⋯快不行了，我只想見見你。」

「淑翩，不要離開我。」

「高飛，真高興，我還可以⋯⋯再見到你。」淑翩深情地望着我，「每次我倆分開，我真的⋯⋯好⋯⋯擔心，但最終我們還是可以在一起。」

「淑翩，我們要在一起，你要支持下去。」我哽咽。

「高飛，」淑翩流了一臉冷汗，眼皮開始向下垂，發青的嘴唇上下張合，臉容痛苦抽搐：「我為你驕傲！你⋯⋯要繼續⋯⋯」

「我聽你的話，不令你失望。」

淑翩嘴角滿足的翹起，掙扎着說：「能答應我⋯⋯一個要求嗎？」

我猛地點頭，把淑翩抱得緊緊的。

「我離開後，可以讓我留在你的心旁邊嗎？我想……和你一起。」

「好。淑翩，你要在我身邊，我們還有很多地方沒去呢！我們活，要一起；死，也不分開。」我的嗓子沙啞，視野模糊，頭貼近淑翩的臉，輕輕吻下去。

「高飛，你令我……這生……沒白……白過。」

「淑翩，別闔上眼睛。」

「不……我不走。高飛，不用怕，只要你……叫我，我便在，在這裏……」淑翩的指頭點在我的心上，「和你一起……真好……」淑翩臉上留下笑意，眼睛慢慢闔上，那依戀的笑意，像曲終的嫋嫋餘音。

我擁她入懷，她的身體迅速縮小，最後變成一顆紫色的珍珠，我把它拈起，不捨地嵌進自己的胸膛。

珍珠旁邊有一片葉子。

葉子對摺，葉緣的鋸齒相扣，整整齊齊，那是在聲帶谷龍血樹下的心願葉。

那天我們各自寫下心願，葉子帶着我要找 he ne ni 的願望，隨風而去，而淑翩的心願葉，卻因寶珊的出現未及放上天空。

淑翩仍有未了的心願嗎？我好奇，打開葉子，上面有泥巴湊出的幾個字 —— 我希望高飛找到他的 he ne ni。

我把葉子握在掌心。淑翩，原來你的心願也是為了我，我答應你，以後不再讓你失望……

「的達 —— 的達 —— 」急促的馬蹄聲由遠而至。

「高飛，你看到淑翩嗎？她受了傷，聽説有士兵帶她來這裏。」科濟邊下馬邊問。

我揩去眼淚，答道：「淑翩……完成任務，她的時候到了，你不會再見到她。」

科濟低頭，像跟自己説話：「她的時候到了，已經……離開了？」

我別過臉，沉默不言。

清風颯颯，送來樹葉的喁喁細語；戰火開始消散，一道金光倏地從雲間探出來。我深深呼吸，芬芳的花香隱隱襲進鼻子。空氣中隱然蠕動着好些景象，我和淑翩的一切經歷，正撲面而來 ——

在偌大的天空中，我看見自己和淑翩牽着手趕去領獎，我們躍下學堂的懸崖出口。在清風的流轉中，傳來淑翩如銀鈴的聲音：「高飛，相信我，每個細胞都是獨特的，都有自己的用處，你一定有所作為……高飛，你是獨特的。如果你不能明白自己的價值，就是糟蹋自己。」清風送來我和淑翩的低語，還有在絲綢之城的困惑，在幽靈鬥士村的猜疑，在驛站的迷失。湛藍的天空，裊裊炊煙，我又目睹大家逃出毒氣潭，在半空降落時緊扣的雙手，驚濤駭浪中的叮嚀，還有戰火中驚心動魄的重逢……

太多太多片段交織在一起。這刻，只剩下我孤身上路，一種落寞淒清的感覺哽在喉頭。我俯首，目光接觸到胸膛的紫色珠子，輕撫着它，耳邊悠然傳來一聲囑咐：「高飛，不用怕，有我在。」

過去無論有多困難，淑翩從沒有離開我。我抬頭，這刻淑翩不是在雲上看着我嗎？

「不，我不走。只要你叫我，我便在。」

我抹去淚水。淑翩，謝謝你給我的一切。

後記

龍源到處頹垣敗瓦，重建工程正式開始。雖然贏了一仗，但戰後重建殊不簡單，一切得費上不少時間和心力。

寶珊回復體力，準備離開龍源，重新上路，我護送她到碼頭。

龍源吹着乾旱清勁的風，山麓的龍血樹樹冠茂密，上寬下窄如同被狂風吹翻的雨傘，奇特而美麗。

「真不明白，這些醜樹，你竟然讚它們美。」寶珊邊走邊説。

我告訴她，龍血樹的美，是展現在艱困中的堅韌不屈，外表算不得什麼，內在的特質把外表掩蓋了。

「像淑翩眼中的你。」寶珊不經意的説。

我笑了笑，心中升起濃濃的思念，萬般滋味在心頭。「淑翩走了，我更覺得自己是幸福的。」

「淑翩在風浪中仍叮囑你帶我來龍源，令我感到幸福。」

「對！當你知道身邊有誰愛惜你、着緊你過於自己時，你就有好好活下去的理由和勇氣。」這時耳際傳來陣陣樂韻，喇叭聲、鼓聲此起彼落。前面的廣場旌旗飄揚，還搭建了一個圓形帳篷，帷幕上的顏色七彩繽紛。

帳篷前貼有告示，上面大大的寫着「**鋼牙馬戲團**」。

告示上還有一幀照片——一個多眼壯漢雙手在胸前交疊，手臂和胸膛的肌肉像鼓起的氣球，既挺實又油亮；一張馬臉又長又扁，口很大，他咧嘴大笑，在賣弄那副發亮的鋼牙，其中一顆還刻意在鎂光閃燈下綻放星狀的光暈。

突然傳來連聲叱喝：「你這**迪迪**，我要趕你多少次，你才肯離開？」循聲望去，不遠處站着一名彪形漢子，樣子頂像照片裏的鋼牙壯漢，他手裏提着一個小子。小子的身體陷進壯漢的拳頭裏，只露出頭和雙腳，在半空中掙扎，像一頭受驚的幼鼠。鋼牙壯漢怒目而視，鼻孔在呼呼噴氣。

「你這小無賴，快給我滾！」像扔石頭一樣，他把手中的小子往空中一擲，「嗖——」我感到迎面襲來一股氣流。那小子如竄出槍膛的子彈，在兩面旗幟之間掠過。

未及反應，我已「噗」的一聲給擊中，一個趔趄，被撞得跌坐地上。

「哎喲！」身旁發出一聲慘叫，原來那小子身高只及我一半，給摔砸在地上，正揉搓着肩膊。

「你們沒事吧？」寶珊上前扶起我們。

小子身上披着披肩，身穿藍色緊身衣，胸前有個富中國色彩的「勇」字。他兩眸明亮，炯炯有神，身上有一小塊一小塊的疙瘩，樣貌並不吸引。

正因為醜，我知道他是我族羣的一員。

「我警告你，要是你再來，我可不客氣了！」壯漢衝前來，氣呼呼的指着小子叱責。

他一副惡相，一雙眉毛又黑又粗，鼻孔張得像乒乓球般大，氣焰大得很。見他欺凌弱小，我義憤填膺，道：「兄弟，你剛才弄傷了他。」

鋼牙壯漢比我高出一個頭，他低頭打量我，形勢佔了上風。他作勢要撞倒我，給我一個下馬威：「怎樣？想為這小無賴出頭？」

寶珊插嘴：「大家都是國家一分子，別這樣對待同胞。」説罷想把鋼牙壯漢推開，卻發現對方肌肉結實堅硬，馬步穩如磐石，紋絲不動，反覺有一股暗勁回傳，把她彈開去，幾乎摔了一交。

鋼牙壯漢的下唇在鼻尖處擦了擦，説：「你們竟然幫這叫化子？」然後趨前狠狠地指着那個小子，指頭直要碰到他的鼻樑。「他終日無所事事，來這裏混飯吃。要不是觀眾多，我早在裏頭揍他一頓……」

小子害怕起來，馬上躲在我背後，抓住我的大腿，像一頭顫抖的小兔。良久，才探出頭來，大聲反駁：「我説過，我可以在馬戲團工作來補償！」

「天啊！工作？」鋼牙壯漢像聽到一個大笑話，咧嘴大笑，露出兩排鋼牙。他拿起一張密密麻麻寫着名字的紙，向小子吼道：「名單上沒你的名字，這裏可沒你的份兒！你幹什麼活？哼，個子小，力氣又不夠，讓你踏鋼線表演空中飛躍，只怕你會撒尿！叫你馴獸，對着獅子老虎，定嚇得你大便也拉出來，難道要你表演撒尿拉大便?!」

小子在我背後瑟縮發抖，腳下還出現兩灘水。

我正想進一步理論，卻見鋼牙壯漢拿起了什麼就往嘴裏送，一張口咬下去，「咔嚓……咔嚓……」，聲音清脆得很。

他在吃蘋果嗎？定睛一看，嚇了一跳。他手中的不是水果或食物，而是硬如大理石的骨頭！原來鋼牙壯漢有兩排「真材實料」的鋼牙，負責修補龍源的骨頭！他不屑的瞄我們一眼，把餘下的半塊骨頭丟在地上。

我大略知道事情的底蘊，想是迪迪無處容身，跑到這馬戲團謀生，但因為能力有限，膽子又小，就被趕了出來。

「快走！這裏不是你的地方。」鋼牙壯漢的目光落在迪迪身上，說：「年紀不小了，還是去找你的家吧！」

迪迪不甘示弱，把嗓門扯高八度，嚷道：「我來自骨髓，那是我的家，我不用再找另一個家！」

「我的天啊！」鋼牙壯漢連連拍打前額，深覺事態嚴重。他氣餒的咕噥：「我真倒楣，遇上這傻小子！難道真的一代不如一代？這爛攤子，留給你們好好收拾吧！」說罷像把燙手山芋拋給我們般，搖着頭走了。

迪迪還小，像從前的我，無法了解「家」的意義。家，不只是出生地，更是一個終點、歸宿和一個生命位置。幾乎所有同胞離開學堂後，都不再回到那塊孕育之地，迪迪要去尋找屬於自己的「家」。

狐狸有洞，飛鳥有窩，這是個奧祕，賦予每個細胞重要的召命！

但這些，我該怎樣告訴迪迪呢？那是成長的一部分，也是自我發現的歷程。

迪迪拍拍皺起的衣服，拉直褲管，看到地上那半塊剩下的骨頭，喃喃自語：「好吃嗎？」就撿起來咬了一口。

「不……」寶珊正要制止，這一咬，他的牙不斷才怪！

迪迪把半塊骨頭放進嘴 ，只見他「咔嚓」地咀嚼幾下，就吞下去，而且吃得津津有味。

我和寶珊面面相覷，就把迪迪手中的骨頭搶過來，但無論如何咬，也無法令它缺損半點。「每個細胞各有所長，互補不足。我沒有鋼牙，咬不碎堅硬的東西，所以我不屬於這裏，只有那鋼牙壯漢和你才有能力啃硬骨頭。」說罷，我走近迪迪，撥開他的劉海，在他的額頭處，發現兩顆凸起的乳白軟體，是仍未發育成形的眼睛。寶珊驚訝：「是多眼的破骨細胞！」想是因為頭髮和瘜肉的遮蓋，叫鋼牙壯漢一時認不出同類。

「迪迪，好好利用你的天賦，既然這馬戲團不是你的家，我們去別的地方！」寶珊催促。

「你們到底説什麼？」迪迪一臉疑惑。

「聽着，每個細胞都要回到屬於他的家，好在那裏執行他的終極任務。」寶珊抓住迪迪的手，見他似懂非懂，就説：「來，我這做姐姐的，帶你一起走。」

「我到底要去哪兒？」

「我們也不知道，」我告訴他，「你屬於巨噬細胞的一員，專吃硬骨頭，你的家，也許是牙牀，也許是大腿，只有你自己才知道。」

「我如何知道？我自己也不知道自己是什麼！」

「慢慢你會清楚的。」寶珊插口，「留心聽。在一個地方，你會聽見 he ne ni。」

「he ne ni ？」

「對，he ne ni。」我重複。

◆ ◆ ◆

寶珊解開繫住木船的麻繩，和迪迪上了船，準備向心臟海進發。

迪迪坐下，高聲問：「高飛，你真的不離開嗎？我們一起漫遊六萬里，會很精彩的。」

寶珊對迪迪嫣然一笑，像說：「高飛不會走的。」

「寶珊姐姐，你叫高飛跟我們一起去冒險，好玩啊！」迪迪大嚷。

寶珊明白我，把麻繩拋開。

「寶珊，你會再回來的，對不？」

「嗯，但不知要多久，況且不知能否通過篩選堤壩的測試，說不定要化作春泥變成花。」寶珊說得豁達。

「哈……這也不錯。」

我想起篩選堤壩的婆婆。生命來，生命去，我們都會過去，這是自然規律，無法改變。

船緩緩離開岸邊。

「高飛，謝謝你帶我來龍源和給我的照顧。」寶珊揮手，「我會想你啊！秋涼了，龍源大風，你保重。」

「我會的，會再見李弗生嗎？代我謝謝他的防毒面罩。」

「才不告訴你！」寶珊扮個鬼臉。

「高飛，為什麼不一起走？你在這裏等什麼？」迪迪拉高嗓子。

「我跟朋友有約定，我會在這裏等她。」我又叮囑寶珊：「好好照顧迪迪。有迪迪在你身邊，我也放心點，我怕你再被壞蛋利用。」

「不准再提那事，再提本小姐就不客氣！」寶珊凌空揮個粉拳。

「迪迪，要聽姐姐的話。」

船逐漸遠去，雲霧在我們之間靠攏。迪迪把手放在耳背，放聲喊：「我會留心聽哪裏有我的 he —— ne —— ni。」

我笑着豎起拇指鼓勵他。「再見！」我使勁揮手，連腰也在晃，好讓他們看見我的不捨。

船在湖上的氤氳中湮沒了，就像往事，一晃眼就過去，如夢似煙。

生命就像雲霧，出現片時就消散。寶珊離開了，每當獨自一個時，我更懷念淑翩，想念她的笑、她和我經歷的一切，謝謝她在我們短暫的相交相知中，成就了今日的我。

我守衞着龍源 —— 我和淑翩的家，不敢掉以輕心。阿簡的殘餘勢力一直存在，隨時死灰復燃，其他邪惡的叛徒也會迷惑我，我要如何抵抗試探誘惑，不再軟弱？我取出淑翩留給我的一封信，是與淑翩並肩作戰的衝鋒小隊員交給我的。

當時前線戰況慘烈，許多士兵陣亡，每次衝鋒隊員準備出征前，都會留下説話給至親，然後交給戰友，要是遭遇不測，同袍便會把信交給收信者。

信是淑翩在軍營待命時匆匆寫下的 ——

高飛：

戰爭好可怕，許多朋友回不來了。

我很可能沒機會再見你，我很想謝謝你，在峽谷裏城牆倒塌的一刻，我和你的手緊扣，那是我第一次想到死亡，但你堅定的眼神叫我安心。雖然快死了，但我仍感到温暖。

現在我要上戰場，離死亡很近，但一想起你在後方，我便感到安穩，因為你堅定無畏。我怕沒機會説，高飛，我愛你，無論如何，你要堅持下去。

淑翩

我心一酸，本能地輕按襟前那顆紫色珍珠，心，一下子像被什麼承托住。

我懷念淑翩，她是天使，如風般在我生命中出現。為什麼造物主讓她來了又去？我猜不透祂的意思，正如當初我不明白自己為何擁有醜陋的面容一樣。在世間歷險，遇見許多同胞後，我愈加發現自己的渺小，智慧有限。造物主奇妙，祂的意念高過塵世間任何生物，很多事情我無法理解。

儘管淑翩不能一直陪着我，但我依然為我倆的相遇感恩，只要她一直活在我心裏，我便有勇氣走下去。

我坐在龍血樹下，伸手向天，觸到的不是飛絮，而是淑翩的手。這雙曾經和我緊扣的手，經歷過千山萬水，再一次捉緊，再不分離。

我們就這樣手牽着手，輕飄飄的像搖晃飄蕩的羽毛，在空中盤旋，我又重歷世間的旅程，「淑翩，你還記得，那時，我們在……」在空中我有點怕，淑翩用圓滾滾的大眼睛凝望我，清脆的聲音如鈴：「高飛，不用怕，有我在……只要你叫我，我便在。」

只要我們不分開，我還怕什麼呢？淑翩撥弄劉海，嫣然一笑，她的笑容仍是那樣甜美，不變的美……

後語｜夢・回家

我是解剖病理科醫生，每天最主要的工作，不是解剖，而是分析細胞。

肺積水、抽樣檢驗、手術切除器官、解剖檢查……統統都要在顯微鏡下，憑細胞診斷。長期接觸細胞，我習慣理性分析——眼前的細胞形態跟正常的有何差別？屬良性增生還是惡性腫瘤？免疫檢驗正常嗎？基因有沒有變異？腫瘤屬第幾期？……

以專業知識、理性思維看待細胞，這心態在十三年前一樁診斷中受到挑戰。

那年，顯微鏡下一個細胞從切片中竄出來，展現不規則的細胞質，瞪着腰果般的眼睛，向我宣告：「我醜，但大有來頭。」這在醫學上又稱為清道夫（Scanvenger Cell）的巨噬細胞，跳脱出來，在我腦中如天馬行空。

麥高飛的故事，就這樣開始了。

從此，填滿冷冰冰醫學知識的左腦，和創意無邊界的右腦互動融合，顯微鏡下的細胞變得很不一樣。像人類一樣，它們彼此認識溝通，要面對掙扎愛恨，對召命感到疑惑，為生命作出抉擇……這大大豐富了我的工作，也增加了我研究細胞的趣味。

那年我把人體器官闢為故事場景，讓不同的血細胞互動，開展一段歷奇之旅。可惜麥高飛尋「家」的故事，無法一氣呵成，三部曲斷斷續續的寫了五年，故事情節的發展給裁開不同的單元，也因個人的成長和經歷、創作手法的改變，以致整個故事或欠連貫。

《血細胞三部曲》完成後，我「心有不甘」，萌生了一個念頭：把故事重新好好講一遍。

可是，要整理麥高飛的故事，需要耗費不少心力時間，這些年也因其他的創作嘗試而暫且擱下，但心裏的願望並沒因時日過去而消退，反如午夜夢迴般不時撩動我。

我知道，這十三年來我的心仍是躍動，於是我着手把它安定下來。

重寫麥高飛的故事，我將情節大幅修訂，並加強不同角色的描述，更用了「我」作為第一身敍事。於是麥高飛的遭遇、所想所求，就成了「我」的，也因如此，創作時麥高飛儼如一面鏡子，他的愛恨掙扎，對善惡的取捨，都迫使我不得不正視。撫心自問，如果我是麥高飛，在不同的抉擇中，也會這樣決定嗎？在困難和必要的犧牲中，我有勇氣選擇實現自我、活出使命嗎？

人體的構造奇妙，正常細胞必須明辨是非敵我，與「惡勢力」爭戰。細胞內的基因受許多不同機制控制，稍一出岔子便會導致變異，令細胞由良轉惡，成為邪惡一族。基因變異也受着很多客觀因素影響，細胞也許是「身不由己」的變成惡性腫瘤。但人類呢？為善為惡，也同樣身不由己嗎？《聖經》把這人性的掙扎具體細緻地道出：

「立志為善由得我，只是行出來由不得我。故此，我所願意的善，我反不做；我所不願意的惡，我倒去做。……我覺得有個律，就是我願意為善的時候，便有惡與我同在。……我覺得肢體中另有個律和我心中的律交戰，把我擄去，叫我附從那肢體中犯罪的律。我真是苦啊！誰能救我脫離這取死的身體呢？」（〈羅馬書〉7：18-24）

內心的善惡交鋒很真實，每人都得面對。擇善固執，是憑良心，靠法律，還是如作者接着説的——「感謝神，靠着我們的主耶穌基督就能脫離了。」（〈羅馬書〉7：25）——有更高的上帝旨意？

細胞都忠於召命，在屬於自己的地方發揮所長。重寫麥高飛也成就了我這些年的召命，寫時儘管辛苦，卻有説不出的滿足，像把自己內在的什麼用上了，成就了一件屬於我的任務，這不就是「he ne ni」嗎？2014年索契冬季奧運會結束後，中國的周洋成功衞冕女子短道速滑1,500米冠軍，她回到家鄉長春時興奮的説：「終於回家了，這種感覺真好。」創作麥高飛時，我重拾多年前的情懷，再次聽麥高飛、劉淑翩娓娓道來，像老朋友相聚，我很享受這久別重逢，更明白什麼是「回家的感覺」。

尋夢的過程，總是千迴萬轉，感謝突破出版社以及俊珊「拔刀相助」，有勇氣圓我多年的「高飛」夢，也感謝舊編輯淑潔、鎮梅、碧瑤、心靈和迎祺的鼓勵和意見，我的夢終於回家了。

嘉薰醫生電郵：drgavinfile@yahoo.com，歡迎聯絡

歷險旅程 · 13站

5 絲綢之城
4 機房
11 吞噬沼澤
8 過濾堡壘
3 聲帶谷
1 骨髓學堂
13 鋼牙馬戲團
12 龍源
10 毒氣工場
6 篩選堤壩
9 磯里山脈
2 峽谷
7 幽靈鬥士村

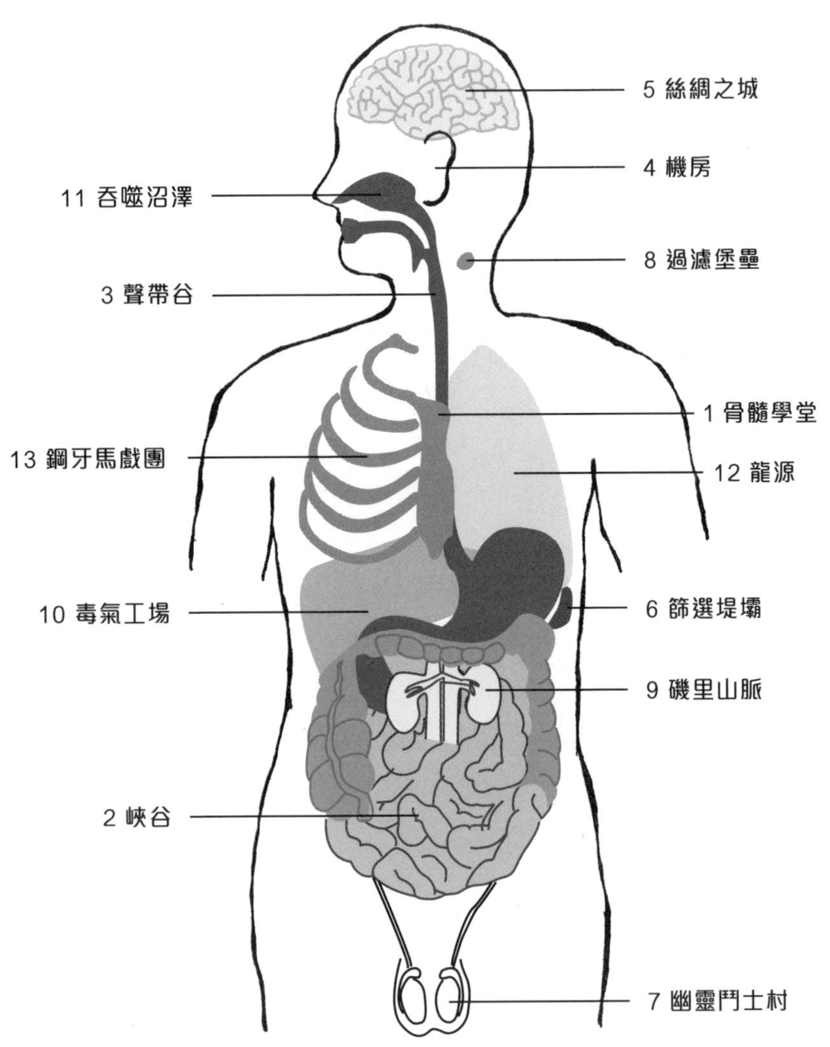

1 骨髓學堂，即骨髓（Bone Marrow），是人體的「造血工場」，也是血細胞展開漫遊人體之旅的起點。當中的血幹細胞能生產一系列分化細胞，成熟後便是紅血球、白血球和血小板等，再隨血液運行全身。由於血球細胞壽命頗短，骨髓裏每分鐘就有數以億計的紅、白血球和血小板在形成，方能補充人體所需，否則便會出現貧血（紅血球下降）、流血不止（血小板不足）或抵抗力下降（白血球缺乏）等情況。

2 峽谷，即小腸（Small Intestine），是消化和吸收食物的地方，為配合這功能，小腸長約 5 米，讓食物有足夠時間與酵素接觸、消化，最後被人體吸收。

3 聲帶谷，即聲帶（Vocal Cords），位於喉頭，由左右兩片黏膜組成，守衛着氣管的入口。吸氣時兩邊聲帶會分別向左右敞開，讓空氣進入肺部，屏氣時兩邊聲帶就彼此接合。當聲帶急速活動時，就會震動空氣，形成音波。

4 機房，即中耳（Middle Ear），介乎耳膜和內耳之間。中耳有 3 塊小骨，層層相扣。耳膜被音波帶動，挪移小骨，在槓桿效應下，小骨會把耳膜的壓力增加 22 倍，傳至內耳，刺激內耳的神經末梢，轉化成神經脈衝（Nerve Impulse），沿着神經到達大腦，人才會「聽見」。

5 絲綢之城，即大腦（Brain），是人體最複雜和神祕的地方，主管人類的感知、活動、思考、記憶和內分泌等。腦部每時每刻都在接收許多不同信息，有趣的是，九成多的信息會潛意識地被刪除，只有少於百分之一會被腦袋定性為「有用」信息。比方說，你不會留意屁股正坐在椅子上。不過，至今仍沒有人真正明白腦袋到底是怎樣過濾紛擾的信息。

6 篩選堤壩，即脾臟（Spleen），有抵禦病菌、進行紅血球新陳代謝的功能，也是紅血球儲備庫。脾臟構造有如簸箕，上有許多只有2至3微米寬的細小洞口，讓血液通過。由於紅血球有8微米大，只有柔軟且具伸縮性的紅血球才能通過洞口；然而紅血球會隨着時日變得脆弱，經過脾臟的洞口時就容易破裂，這些給篩選出來「不及格」的紅血球會被巨噬細胞吸收、分解，然後釋出有用的物質（如紅血球素、鐵質等），讓人體循環再用，十分環保！

7 幽靈鬥士村，即睪丸（Testis），是製造男性賀爾蒙及精子的器官。睪丸每天能生產超過10億條精子，而溫度對精子的製造非常重要，人類正常體溫會窒息精子的生產，故睪丸必須維持在低於體溫、約攝氏35度左右。因此，睪丸是藏於體外溫度相對較低的陰囊裏。

8 過濾堡壘，即淋巴結（Lymph Node），呈橢圓形，分布於身體多個部位，如腋窩、腹股溝、腹腔和胸膛等。淋巴結為身體的「過濾和防衛中心」，內有淋巴細胞、巨噬細胞和其他免疫細胞，是對付病菌和癌細胞的重要器官。

9 磯里山脈，即腎臟（Kidney），是人體最厲害的「過濾中心」，負責清洗人體的血液，把血液裏有毒的物質分隔出來，並將經新陳代謝產生的廢物隨尿液排出體外。腎臟還會維持人體的水分、電解質、酸鹼度等的平衡；又控制血壓，生產紅血球素來幫助人體製造紅血球。人體兩個腎臟共有約2百萬個「腎小球」（Glomerulus；即文中的「繩索吊橋」），由毛細血管像線球般組成，總長度足足有13公里！腎臟每天血液流量達1,700百公升，清洗全身血液約300次，從中把廢物篩選、過濾，再綜合在只有約1.5公升的尿液裏，然後排出體外。

10 毒氣工場，即肝臟（Liver），主要由肝細胞組成，是人體第二大器官，對維持人體健康非常重要。肝臟有許多功能，包括控制身體的新陳代謝、平衡凝血、幫助食物消化與吸收、清除體內毒素等。

11 吞噬沼澤，即鼻腔（Nasal Cavity），生有長而粗的鼻毛（Vibrissae），也布滿血管和黏液腺；鼻毛能過濾粗糙的垢屑，而塵埃等細小污垢就給黏液粘住，確保吸進肺部的空氣潔淨、溫暖、潮濕。鼻腔內左右兩側有三排突起的骨甲（Concha），層架式排列，不但增加空氣接觸鼻腔黏膜和血管的面積，也令吸入的空氣產生「湍流」，延長空氣與鼻腔接觸的時間，令鼻腔更有效地發揮功能。

12 龍源，即肺部（Lung），這個呼吸系統無時無刻在進行氣體交換（Gaseous Exchange）——被吸入的空氣會進到肺氣泡，由於肺氣泡內氧氣的密度較血液的高，氧氣就擴散至血液中，被紅血球帶走；相反，血液內的二氧化碳濃度較肺氣泡的高，於是就反方向進到肺氣泡中，被呼出體外。而紅血球就是這樣在肺部卸下細胞新陳代謝過程中產生的二氧化碳，換上氧氣，供應全身。

13 鋼牙馬戲團，即骨骼（Bone），除了支撐身體、保護內臟及製造血球外，還是儲存鈣質的重要基地。鈣離子是生命不可或缺的物質，負責細胞內的信息傳遞，並直接影響神經線的敏感度和肌肉的收縮。血液中鈣離子的水平必須維持平衡，若鈣離子偏低，神經會變得敏感，容易受到刺激，出現抽筋、痙攣；若過高，中樞神經會反應遲滯，出現便祕、心電圖異常，也會產生鈣化石，積聚在腎臟或其他器官。

擦身而過·過客

丘仙菲，即嗜伊紅細胞（Eosinophil），是血液裏屬少數的血球細胞，只佔白血球數目的百分之二至四，細胞核像一雙大眼睛，又像一副眼鏡。細胞裏藏有不同的化學蛋白和酵素，主要功能是對付寄生蟲，而在過敏反應中亦產生一定的作用。

田鵬里，即耳膜（Tympanic Membrane），是分隔外耳和中耳區的一層薄膜，直徑約 1 厘米。當聲音震動空氣，經過外耳後，推動耳膜前後擺動，耳膜壓着中耳緊接着的 3 塊小骨，把壓力傳至內耳，刺激內耳的神經。

智慧老者，即腦神經元（Neurone），人的腦袋有超過 1,000 億個神經元，形狀像蝌蚪，「尾巴」是輸出信息的軌道，這軌道可長達 1 米。一個神經元可接收幾百至二十萬種資訊，經分析後信息會由神經元的尾巴傳遞出去，再連接其他細胞。整個網絡縱橫交錯，極其精密。

史賓，即精子（Sperm），形狀像蝌蚪，頭部結實，內藏基因。精子的頭含有分解卵子細胞質的酵素，能有效地穿透卵子，讓自身蘊含的基因與卵子的基因結合，這便是受精的過程。精子和卵子的基因數目，只及其他細胞的一半，當它們結合後，才擁有完整的基因圖譜。每毫升精液約有 0.2 億至 2.5 億精子，而每條精子都有一條強而有力的尾巴，推動它以每分鐘 1 至 4 毫米的速度向卵子進發。不過，如果精子的密度不足或活動能力因疾病影響，便會出現生育問題。

李科濟，即淋巴細胞（Lymphocyte），屬白血球一種，為人體免疫系統的重要成員，懂得分辨敵我，肩負起監察、保衛人體的任務。淋巴細胞由多種不同細胞組成，彼此相輔相成，形成強大的力量抵禦侵略者。一些先天疾病、愛滋病和藥物等，會影響這類細胞，導致免疫力下降，也增加患上癌症的機會。

簡新，又名阿簡，即癌細胞（Cancer），由於基因突變，令人體一些細胞不受控制地繁衍下去，當它們快速分裂並聚合一處，便會形成惡性腫瘤。惡性細胞不但會侵蝕器官，亦會轉移到其他部位「開枝散葉」，對人體造成極大傷害。每個細胞都有機會受到外來或內在因素的影響，令基因發生變化。不過，人體的免疫系統能夠辨識病態細胞，並將之殲滅，但有些癌細胞懂得自我掩飾，混淆免疫系統的判斷，誤將它們當作「自己人」。阿簡就是這種細胞，它借助這種「脫逸機制」(Escape Mechanism）生存下來，且不斷繁殖。

鄧智寶，即易染體巨噬細胞（Tingible Body Macrophage），主要存於淋巴結中，是吞食了許多「凋亡」細胞的巨噬細胞，體型較一般巨噬細胞大。當淋巴結察覺體內有細菌、癌細胞等，易染體巨噬細胞便會增多，產生免疫反應，令淋巴結腫大。臨牀檢驗時，醫生可從淋巴腺的大小和質感，推測疾況。

李弗生，即肝細胞（Liver Cell），呈長方形，是人體最多才多藝的細胞，擁有許多功能，如碳水化合物與脂肪的新陳代謝、製造不同的蛋白和凝血因子、分泌膽汁、均衡血糖、清除體內毒素、維持血液的滲透壓（Osmosis）平衡等。除了將高毒性的氨（Ammonia）轉化為較溫和的尿素，肝臟還會把紅血球在代謝過程中產生的有害、非溶解性的膽紅素（Bilirubin），經「葡萄餹醛酸結合」（Glucuronidation）轉化成非毒性、可溶解的化學物質，再排出體外。

迪迪，與鋼牙壯漢一樣，同屬破骨細胞一族（Osteoclast），存於骨骼之內，會因應身體的需要，分解骨骼，釋出鈣離子到血液，以維持人體生命所需。它也會按照骨骼承受的壓力，逐漸令骨骼形狀改變，例如頜骨牙槽會因為「箍牙」而改變位置。

部隊・武器・知多點

馬家軍，即巨核細胞（Megakaryocyte），是體積很大的骨髓細胞，直徑約有 35 至 150 微米。細胞表面凹凸不平，細胞質脫落後形成血小板，如果脫落的過程出了岔子，血小板數目就會下降，人體便會出現流血現象。

皮屑小子，即血小板（Platelet），是巨核細胞脫落的細胞質小片，直徑只有 2 至 4 微米，藏有凝血的活性；血管破損後，血小板會黏附在受損的地方，釋出因子，凝縮血塊（即文中的「救生墊」），堵塞傷口，防止血液流失，幫助血管痊愈。

長髮士兵，即吸收細胞（Absorptive Cell），附於小腸表面，負責吸收養分。細胞頂部平均有 3,000 根絨毛，而小腸每平方毫米大約有 20 億根絨毛，這令吸取養料的面積增加 30 倍。

泡泡哨兵，即杯狀細胞（Goblet Cell），位於吸收細胞之間，呈花瓶狀，儲有黏液，有潤滑作用，能保護小腸，免小腸壁受損害。每個細胞的壽命約 3 至 6 天，但小腸的細胞會不斷更新，倘若腸細胞得不到補充，身體便會吸收不良，並且肚瀉和缺水。

紅箭，即標靶治療。癌症的治療方法有手術、電療及化療，而標靶治療為較新的方法。一般化療藥物除了破壞癌細胞，其他細胞也會受到牽連，標靶藥物則只針對癌細胞獨有的生長訊號，如上皮因子受體（EGFR）、血管因子受體（VGFR）等，進行干擾，令它們死亡（即文中的「炭精」），從而控制腫瘤生長。標靶藥物的優點在於對正常細胞的傷害不大，因此副作用也較少。

嘉薰醫生著作

《心謀》

真理和公義，有時是一條迂迴曲折的路……

兩個月內出現三宗極罕見的腸道感染毛霉菌個案，是巧合？還是另有內情？

死者即將舉殯，遺體卻要送回殮房，進行緊急解剖，他身上的毛霉菌有留下破案的證據嗎？

同一份解剖報告，有人思考如何造福他人，有人盤算自我利益。

面對財雄勢大的藥廠、野心勃勃的名醫，試問誰願意為真相押上個人前途？

嘉薰醫生如何本着純全公正的心，利用迂迴的邏輯和先進的檢測技術，揪出霉菌殺人事件幕後的真正元兇？

到底，是毛霉菌肆意殺人，還是陰謀勢力薰昧人心？

正邪善惡兩方勢力在抗衡，不單在法庭之上，也在人心之中！

榮獲第二十四屆中學生好書龍虎榜「十本好書」

《死亡號外》

逾十年，嘉薰醫生從剖驗中發現真相與底蘊，為死者發言。今趟他將棘手案件放到一旁，回顧過去與病人、與屍首接觸的點滴，從不同的生命故事中，理出了死亡與生命之間的微妙張力。是他出道以來最完整的生死之旅，當中更為他個人生命和法醫專業帶來最真實、最顛覆的挑戰。在種種疑問中，嘉薰醫生的信念竟動搖了。但回身一看，方發現生命和死亡並不是一堆數字、一份報告、一宗案件。解剖室之內，除了專注查明死亡真相之外，也有生命的啟示！

榮獲第三十三屆「湯清基督教文藝獎」(文藝創作組推薦獎)